KB178911

리어 왕

King Lear

William Shakespeare

리어 왕

윌리엄 셰익스피어 지음 | 이종구 옮김

문예출판사

차례

등장 인물

리어 왕 브리튼 왕
고너릴 리어의 딸
리건   리어의 딸
코딜리어   리어의 딸
프랑스 왕
버건디 공작
콘월 공작   리건의 남편
올버니 공작   고너릴의 남편
켄트 백작
글로스터 백작
에드거   글로스터의 적자
에드먼드   글로스터의 서자
큐런   정신(廷臣)
오스왈드   고너릴의 하인
노인   글로스터 백작 영내(領內)의 사람
시의(侍醫)
광대
대장   에드먼드의 부하
신사   코딜리어의 종자(從者)
전령
콘월 공작의 종자들
그 밖의 리어의 기사들, 장교들, 전령들, 병졸들, 종자들

장소   브리튼

1막

1장
리어 왕의 궁전

켄트, 글로스터, 에드먼드 등장.[1]

켄트　왕께서 콘월 공작보다 올버니 공작을 더 총애하신다고
　　　　나는 생각했는데요.[2]

글로스터　정말 그렇게 보였습니다. 하지만 지금 막상 왕국을 분할[3]
　　　　할 계제에 이르고 보니, 어느 공작을 더 총애하시는지 알
　　　　수 없게 되었습니다. 저울에 단 듯이 똑같이 분할되어, 아
　　　　무리 생각해봐도 어느 쪽이 더 유리하다고 할 수 없군요.

켄트　각하, 이 사람은 자제가 아닙니까?

1　1장 모두(冒頭) 부분은 이 극의 부차적 줄거리의 주인공 글로스터의 과거의 불성실에 대해
서 말하고, 켄트를 소개한다. 과거의 방탕을 자랑스레 늘어놓는 글로스터에게는 이미 비
극의 그림자가 비치기 시작한다.

2　이 극의 한 주제가 되어 있는 '외관(外觀)과 내실(內實)의 차이'를 나타내는 '생각한다'든가
'보인다'는 말이 많은 점에 주의.

3　'왕국의 분할'은 영국 최초의 비극 《고보더크》(Gorboduc, 1561)에도 있듯이, 비극의 요인이
되는 경우가 많다. 당시의 격언에 '분할된 나라는 모두 머지않아 망한다'는 말이 있다. 또
《신약성서》의 〈마태복음〉 12장 25절에 "갈라져 다투는 나라는 모두 망한다"고 씌어 있다.

글로스터	확실히 내가 길러왔죠. 내 아들이라고 할 적마다 어쩌나 얼굴을 붉혔던지, 이젠 아주 익숙해져버렸습니다.
켄트	무슨 말씀인지 알아들을 수가 없습니다.
글로스터	하지만 이놈의 어머니는 내 말을 알아들었기 때문에 배가 둥그렇게 부풀어올라서, 침대에 남편을 맞이하기 전에 이미 요람에 아들을 태웠단 말입니다. 길을 잘못 들었다는 냄새가 나지 않습니까?[4]
켄트	그 결과가 저렇게 훌륭한 아들이니, 길을 잘못 들지 않은 편이 좋았다고는 말할 수 없는데요.
글로스터	그러나 내게는 아들이 또 하나 있습니다. 그놈은 정당한 아들이고 한 살 위지만, 그렇다고 그놈이 더 귀엽지는 않습니다. 이놈은 부르기도 전에 약간 주제넘게 이 세상에 생겨났습니다만, 이놈의 어머니는 미인이었습니다. 이놈을 만들 땐 하도 재미를 봐서, 사생아지만 인정하지 않을 수가 없었지요. 에드먼드야, 너 이 어른을 아니?
에드먼드	모르겠어요, 아버님.
글로스터	켄트 각하이시다. 이 다음부터는 나의 존경하는 친구로서 기억해라.
에드먼드	각하께 인사드리겠습니다.
켄트	자네를 사랑할 뿐더러, 나도 자네와 흉허물 없이 지내길

---

4 얼마 후 그는 도버로 가는 길을 글자 그대로 '냄새 맡으며' 가지 않으면 안 된다! 3막 7장 참조.

확실히 내가 길러왔죠.
내 아들이라고 할 적마다 어찌나
얼굴을 붉혔던지,
이젠 아주 익숙해져버렸습니다.
– 1막 1장

바라네.

에드먼드 각하의 기대에 어긋나지 않도록 노력하겠습니다.

글로스터 이 애는 9년 동안이나 외국에 가 있었습니다만,[5] 또 가게 될 것입니다. 아, 왕께서 납십니다.

팡파르[6], 리어 왕, 콘월, 올버니, 고너릴, 리건, 코딜리어 등 등장.

리어 왕 글로스터 공, 프랑스 왕과 버건디 공의 접대를 부탁하오.

글로스터 폐하, 분부대로 하겠습니다.

글로스터와 에드먼드 퇴장.

리어 왕 그동안 지금까지 숨겨온[7] 나의 계획을 피로(披露)하겠소.

그 지도 이리로 주오. 이와 같이 나는 나의 왕국을

삼분(三分)했소. 그리고 나의 움직일 수 없는 확고한 결심은

늙은 이 몸에서 모든 번뇌와 국사를 다 털어버리는 일이

오.

그러한 일은 젊고 기운 있는 사람들에게 넘겨주고,

홀가분한 몸으로 여생을 편안히 보내고 싶소.

---

5 아마 입신(立身)을 위해 군대에 나가 있었던 모양.

6 국왕 등 고위 고관의 등장을 나타낸다.

7 원문은 "darker(더욱 비밀스럽다)". 리어 왕의 이 말에는 말할 수 없는 암울한 여운이 감돈다.

나의 부마 콘월 공과, 그와 똑같이 내가 사랑하는 올버니

공,

나는 후일의 분쟁의 씨를 지금 제거하기 위해서,

딸들이 각각 상속받을 재산을 발표하려는

단호한 결심을 하였소. 프랑스 왕과 버건디 공작은

내 막내딸의 사랑을 노리는 라이벌로서

구혼을 위해 오랫동안 이 궁정에 머물러 있는데,

그것도 이 자리에서 대답할 작정이오. 딸들아, 말해다오.

나는 지금 국가의 주권도, 국토의 영유권도,

정무(政務)의 번거로움도 모두 버리려 하는 만큼,

너희들 중에서 대체 누가 제일 나를 사랑하는지 말해보지

않겠나?[8]

효심이 지극한 사람에게 나는 가장 큰 재산을 주게 될 것

이다.

고너릴 맏딸로서 먼저 말해봐라.[9]

고너릴　네, 저는 말로는 이루 표현할 수 없을 만큼 아버님을 사랑

합니다.

눈보다도, 운동의 자유보다도, 행동의 자유보다도 더 사

---

8 자기를 가장 사랑하는 자에게 최대의 물질적 은혜를 준다―애정을 물질로 계량(計量)한
다―노왕(老王) 리어의 최대 과오는 여기에 있다. 국토의 분할과 애정의 물질적 계량―리
어는 두 가지의 중대한 과오를 범한 듯하다.

9 이 짧은 1행을 말하는 사이에 고너릴이 한 발짝 앞으로 나서는 등의 동작을 한다. 거기에
관중이 주목한다.

랑하옵고,

값이 비싸거나 진귀해서 사람이 소중히 여기는 그 무엇보

다도 더 사랑하옵고,

미덕과 건강과 미와 명예를 겸비한 생명보다도 더 사랑하

옵고,

자식이 아비에게 바친 최대의 사랑, 또 아버지가 받은 최

대의 사랑을 가지고 사랑하옵고,

숨을 모자라게 하고, 말을 침묵시키는 그러한 사랑으로

사랑하옵고,

제가 지금까지 말씀드린 그 전부 이상으로 사랑하옵니다.

코딜리어 (방백) 코딜리어는 뭐라고 말할까? 마음으로만 사랑하고

잠자코 있자.

리어 왕 이 경계선 중 이 선에서 이 선까지.

울창한 삼림, 기름진 평야, 자원이 풍부한 내와 넓은 목장,

이것이 네 것이다. 너와 올버니의 자손에게

영원히 전해지는 것이다. 나의 둘째 딸,

콘월의 아내인 나의 사랑하는 리건은 뭐라고 말하겠나?

말해봐라.

리건 저도 언니와 지금(地金)[10]이 같사옵니다. 그러하오니

언니와 같은 값을 매겨주시옵소서.

---

10 옛 판에서는 "metal(금속, 재료)"이라고 했다. 옛날에는 metal(기질)과 mettle(성격)을 'metal'
로 썼다.

언니는 아버님에 대한 저의 사랑을 빈틈없이 그대로 말씀
드렸습니다.

다만 그것으로는 아직 표현이 부족하옵니다.

제가 감히 말씀드린다면

가장 귀한 감각이 가질 수 있는 기쁨이라 할지라도

효행 이외의 기쁨은 모두 저의 적이옵니다.

저는 아버님에 대한 효행을 다하는 일만을

최대의 행복으로 느끼고 있사옵니다.

코딜리어 (방백) 가엾은 코딜리어!

다만 그렇진 않지. 아버님께 대한 나의 사랑이

내 혓바닥의 말보다는 훨씬 비중[11]이 무거우니까.

리어 왕 너와 너의 자손에게는 이 아름다운 왕국의, 이 광대한 3분
의 1을 주겠다.

넓이에서나, 가치에서나, 또 그 즐거움에서나,

고너릴에게 준 영지에 못지않은 것이다. 자, 이번엔 나의
사랑하는 코딜리어, 큰딸과 조금도 다름이 없이 내게 기
쁨을 주는 막내딸아! 젊은 너의 사랑을 얻으려고, 프랑스
의 포도와 버건디의 밀크[12]가,

어떻게든 관심을 끌려고 서로 경쟁하고 있다. 너는 뭐라
고 말하겠느냐?

---

11 앞에 나온 "지금"에 대해서 이렇게 말한 모양.

12 풍부한 포도밭 지대를 가진 프랑스 왕과 광대한 목장 지대를 가진 버건디 공작.

언니들 것보다 훨씬 풍부한 3분의 1을 맞히기 위해서?[13]

자, 말해봐라.

코딜리어 아무것도 없습니다, 아버님.[14]

리어 왕 아무것도 없다고?

코딜리어 아무것도 없습니다.

리어 왕 무(無)에서 생기는 건 무뿐이니,[15] 다시 한번 말해봐라.

코딜리어 슬프게도 저는 저의 마음을

입에 올려 말할 줄 모릅니다.[16] 저는 아버님을

자식된 도리에 의해서 사랑하올 뿐이지 그 이상도, 그 이

하도 아니옵니다.

리어 왕 어찌된 일이냐, 코딜리어! 그 말을 좀 고쳐라.

그렇지 않으면 네 재산이 줄어들지도 모르니.

코딜리어 아버님, 아버님께서는 저를 낳아주시고 길러주시고 사랑

해주셨습니다.

그래서 딸된 도리에 맞게 저는 그 은혜에 보답하려고

아버님께 복종하고, 아버님을 사랑하고, 가장 아버님을

존경합니다.

---

13 마치 도박이라도 하는 듯한 말투가 아닌가! 노쇠한 리어 왕.

14 원문은 "Nothing my lord". 이 '아무것도 없는', '무(無)'야말로 전편에 울려 퍼지는 제일의 주제라 할 수 있다.

15 아리스토텔레스 이래의 격언.

16 《구약성서》 외전(外典)에 "우자(愚者)의 마음은 입에 있고, 현자(賢者)의 입은 마음에 있다"는 말이 있다.

언니들은 오직 아버님만을 사랑한다고 했는데

그렇다면 왜 언니들은 결혼을 했을까요? 아마 제가 결혼

한다면

그 손에 저의 맹세를 받으실 분이, 저의 사랑의 절반을,

저의 걱정과 책무의 절반을 가져갈 것입니다.

그러므로 언니들처럼 결혼을 하면

아버님만을[17] 사랑할 수는 없사옵니다.

리어 왕   진정으로 하는 말이냐?

코딜리어   네, 아버님.

리어 왕   그렇게 젊은 나이에 그렇게도 매정하단 말이냐?

코딜리어   이렇게 젊기 때문에 이렇게 정직하옵니다.

리어 왕   마음대로 하렴! 그러면 그 정직을 네 재산으로 삼아라.

성스런 태양[18]의 광명, 명부(冥府)의 여신 헤카티[19]와 밤의

신비,

우리가 그에 의해 생존하며 또 생존을 그만두는,[20]

천체의 운행, 이 모든 것에 맹세하여

나는 이 자리에서 모든 아비로서의 걱정,

---

17 리어가 놀라는 동작이 들어간다.

18 리어는 이교도로서의 맹세를 하고 있다.

19 헤카티는 마술, 요술 등을 주재한다.《맥베스》4막 1장 참조.

20 '햄릿'적으로 말하자면 '생존한다'는 '있다', '생존을 그만둔다'는 '있지 않다'가 된다. "있느
냐 아니면 있지 않느냐"(《햄릿》3막 1장)가 햄릿의 문제였는데, '있다'와 '있지 않다'의 양쪽
에 걸쳐 맹세한 것이 리어 왕의 비극이라 할 수 있다.

친족 관계, 혈연 관계의 일체를 부인하고,

이제부터는 영구히 내 마음과 나 자신에 대해서

아무 관계없는 남으로 너를 생각할 테다.

시지아의 야만인[21]이나,

제 식욕을 채우기 위해서는 육친마저 저며 먹는 놈들조차도,

전에 내 딸이었던 너에 비하면, 이 가슴에

훨씬 가까운 이웃으로 느껴진다. 측은하게 생각하고

원조의 손을 뻗쳐주고 싶다.

켄트 폐하!

리어 왕 켄트 백작은 아무 말 마오!

용[22] 왕의 노여움에 맞서지 마오.

나는 그 애를 가장 사랑했소. 그 애의 정다운 위로를 받으면서

여생을 보내려고 생각했소.

나가라,[23] 사라져버려라!

그 애에 대해 아비로서의 마음을 버린 이상.

이제 무덤만이 내게는 안식처로구나!

프랑스 왕을 불러라! 누구 없느냐?

---

21 예부터 가장 야만스런 사람들로 생각되었다.

22 용은 영국의 전통적인 문장(紋章).

23 코딜리어를 향해서.

나는 이 자리에서 모든 아비로서의 걱정,
친족 관계, 혈연 관계의 일체를 부인하고
이제부터는 영구히 내 마음과 나 자신에 대해서
아무 관계없는 남으로 너를 생각할 테다.

― 1막 1장

버건디 공작을 불러라. 콘월과 올버니,

두 딸의 재산 이외에, 이 3분의 1의 영지를 둘이서 분배

하오.

그 애는 스스로 '정직'이라고 부르는 '오만'과 결혼하면 된

다.

그대들에게는 공동으로 나의 권력과 권위,

왕위에 따르는 모든 명예를 주겠소.

나는 한 달 걸러로

그대들이 부양해줄

1백 명의 기사를 데리고, 교대로 그대들의 저택에

머무르려 하오. 나는 오직 왕이라는 칭호와

그에 어울리는 격식만을 갖고, 왕국의 통치권이나

수입이나 그 밖의 집행권은, 사랑하는 사위인

그대들에게 넘겨주겠소. 그 증거로서 이 왕관[24]을 두 사람

이 나누어 갖도록 하오.

(왕관을 건네주려 한다)

켄트 리어 왕 폐하,

저는 폐하를 항상 주군(主君)으로서 공경하옵고,

아버님같이 경애하옵고, 주인으로서 복종하옵고,

저의 위대하신 비호자로서 행운을 기도해왔사옵니다.

---

24 왕권의 상징. 무대 위에서 고너릴과 리건이 그에 손을 댄다.

리어 왕　활을 굽혀 당겼으니 화살을 피하오!

켄트　비록 그 화살촉이 저의 이 가슴을 꿰뚫을지라도

차라리 활을 쏘십시오. 리어 왕께서 광란하시면

이 켄트도 신하의 예를 잃습니다. 폐하께서는 대체 무엇을

하시렵니까? 권력이 아부에 굴종할 때, 충절이 겁을 먹고

입을 다물기라도 하리라고 생각하셨습니까? 권위가 우행

(遇行)에 농락당할 때

명예는 직언의 의무를 지지 않으면 안 됩니다.

왕위는 그대로 보존하십시오.

그리고 신중히 생각하셔서 이 해괴하고 경솔한 처사를

중지하십시오. 제 목숨을 걸고 말씀드립니다.

막내따님이라고 하여 폐하께 대한 애정이 가장 적은 것은

아닙니다.

또 소리가 낮아, 허공[25]에 울리지 않는다 하여

마음이 빈 것은 아닙니다.

리어 왕　켄트, 목숨이 위험할 테니 입을 다물어!

켄트　제 목숨은 폐하의 적과 맞서는 일개 병졸에 지나지 않습

니다.

또 폐하의 안태(安泰)가 목적인 만큼

---

25 불성실이라는 허공.《리어 왕》에는 전편에 '눈(目)', '본다' 등의 말이 많다. 리어나 글로스
터도 육체의 눈이 있는 동안은 진실이 보이지 않고, 비극이 끝난 다음에 마음의 눈이 열린
다. 전편을 통한 하나의 주제라 할 수 있다.

목숨을 잃는 것도 두려워하지 않습니다.

리어 왕 보기 싫다!

켄트 잘 보십시오, 폐하. 그리고 저를 언제까지나 폐하의 눈동
자로 삼아주십시오.

리어 왕 그럼, 아폴로 신에 맹세하여 ─

켄트 그럼, 아폴로 신에 맹세하여 말씀합니다만 폐하,
그 맹세는 헛일이옵니다.

리어 왕 이 고얀 불한당 같은 놈!

(자기 칼자루에 손을 댄다)

올버니, 콘월 폐하, 진정하십시오.

켄트 칼을 빼십시오. 폐하의 양의(良醫)를 죽이시고, 더러운 병
독(病毒)에
진찰료를 지불하십시오. 코딜리어의 몫의 분할을 취소하
십시오.
그렇지 않으면 저의 목구멍에서 소리를 낼 수 있는 한,
폐하의 소행의 어리석음을 계속 외치겠습니다.

리어 왕 명령이다, 이 불한당 놈아!
네게 충절심이 있거든 내 명령을 들어라!
너는 내 뜻을 거슬러
내 맹세를 깨뜨리려 하였고, 또 오만불손하게도
내 천성으로나 내 지위로써
참을 수 없을 만큼

내 선고와 권력 사이에 감히 끼어들려 하였으니,

나의 왕권이 의연히 건재하는 이상 너의 당연한 벌을 받

아라.

닷새의 유예를 네게 허락하니 그동안에

세상의 온갖 재해를 피할 수 있도록 준비를 하여라.

그리고 엿새째에는 너의 그 가증스런 등을

나의 왕국으로 돌려라. 만약 그다음 열흘째 되는 날에

추방된 너의 몸뚱이가 이 국내에서 발견되면

즉각 그 자리에서 사형에 처할 것이다. 떠나버려라! 주피

터 신에게 맹세하여

이 선고는 취소하지 않겠다.

켄트　그러면 폐하, 안녕히 계십시오.

폐하께서 그렇게 결심하신 이상,

자유는 나라 밖으로 달아나고,

나라 안에는 추방이 있을 뿐입니다.[26]

(코딜리어에게) 신의 가호가 있으시기를!

공주님의 생각은 옳으시며, 또 정당하게 말씀하셨습니다!

(리건과 고너릴에게) 그리고 두 공주님의 훌륭한 말씀이 실

행에 의해 입증되고,

사랑에 찬 말에서 좋은 결과가 생기기를 빕니다.

---

26 보통 같으면 '나라 밖으로 도피'하는 것이 추방이므로 실제와는 반대인 셈. '가치의 전도'
는 이 작품의 또 하나의 중요 주제. 《맥베스》 등과 비교해보면 흥미롭다.

이제 켄트는 여러분에게 작별의 말씀을 드리고,
새로운 나라에서 옛 길²⁷을 열어가겠습니다.

(퇴장)

팡파르, 글로스터가 프랑스 왕과 버건디 공을 안내하여 다시 등장. 종자들
뒤따른다.

글로스터 폐하, 프랑스 왕과 버건디 공이 오셨습니다.

리어 왕 버건디 공,

나는 먼저, 프랑스 왕과 같이 내 딸의 사랑을 위해 경쟁한

경에게 물어보겠소. 내 딸의 재산으로

최소한도 얼마나 요구하겠소?

또 그것이 부족하면 구혼을 중지하겠소?

버건디 지고(至高)하신 국왕 폐하,

저는 폐하께서 내락(內諾)하신 것 이상은 바라지도 않사

오며,

또 폐하께서 그보다 적게 주시리라고도 생각지 않사옵

니다.

리어 왕 버건디 공,

그 애가 내게 사랑스러웠을 때는 사실 그렇게 생각했소.

---

27 이전과 같은 위선이 없는 생활.

24

하지만 이제 그 애의 값은 떨어졌소. 그 애는 바로 저기

서 있소.

저렇게 얼마 안 되어 보이는 몸속[28]에 있는 그 무엇이나,

또는 그 전부에다 나의 노여움도 더하여

단지 그것만으로 경의 마음에 흡족하거든,

자, 저기 서 있으니, 그 애를 아내로 삼으오.

버건디 뭐라고 대답을 드려야 좋을지 모르겠습니다.

리어 왕 어찌하겠소.

여러 가지 결점이 있을 뿐만 아니라, 친구도 없고

새로이 내 미움을 사게 되어서

나의 저주를 재산 대신 받아가야 하며

또 아주 남이 되려고 내가 맹세한 아이를

데려가겠소? 버리시겠소?

버건디 황공하오나 폐하,

그러한 조건으로는 결단을 내릴 수 없사옵니다.

리어 왕 그러면 버리시오. 하느님께 맹세하여 말하거니와

지금 말한 것이 그 애의 전 재산이오.

(프랑스 왕에게) 프랑스 국왕이여,

나는 폐하의 평소의 우의를 배반하면서까지

내가 미워하는 딸과 결혼하라고는

---

28 원문은 "that little seeming substance"로, 여러 가지로 해석되는 곳. 예컨대 '허식이 없는, 이른바 진실이라는 것에……'라는 냉소적인 발언으로 보는 경우도 있다.

말할 수 없소. 그러므로

조물주인 자연의 여신[29]조차 자기의 것이라고 공언하기

를 부끄러워하는,

그런 보잘것없는 사람을 버리고, 더욱 훌륭한 여성에게

폐하의 사랑을 돌리길 바라오.

프랑스 왕 이건 참으로 놀라운 일입니다.

조금 전까지 폐하의 지극한 총애의 대상으로서

상찬(賞讚)의 주제가 되고, 연로하신 폐하를 위로해드리며,

가장 크고 깊은 사랑을 받던 공주님이 순식간에

여러 갈래의 총애를 잃을 만큼

그러한 대죄를 범했으리라고는

믿어지지 않습니다. 공주님의 죄는 틀림없이

극악무도한 부자연스런 것이거나,

그렇지 않으면 지금까지 공언해오신 폐하의 애정이

의심스러운 것이었음에 틀림없습니다. 공주님에게 그러

한 소행이 있었으리라고는

기적[30]이라도 일어나기 전에는,

이성만으로는 납득하기 어렵사옵니다.

코딜리어 간청하옵니다,

---

29 만물의 조물주인 '자연'은 전통적으로 여신이었다.

30 신이 행하는 계시.

폐하. 만약[31] 제게 마음에도 없는 말을 지껄이는, 매끄러
운 변설(辯舌)의 재능이 없기 때문이라면 — 저는 무슨 일
을 꼭 하려고 하면 말하기 전에 실행해버립니다 — 말씀
해주십시오.

제가 폐하의 총애를 잃은 것은 결코 저의 악덕이나 불결
한 행위,

음란한 소행이나 불명예스런 태도 때문이 아니라,

실은 없는 편이 저를 훨씬 풍부하게 해주는 것,

즉 탐욕스런 눈초리나, 또 제가 갖지 않은 것을

정말 다행으로 여기는 변설, 그것이 제게 없기 때문이라

고 말씀해주십시오. 그 때문에 저는 아버님의 총애를 잃

었습니다만.

리어 왕 너 같은 건

차라리 이 세상에 태어나지 않았으면 좋았을 것이다.

나를 기쁘게 해주든 말든 아무래도 좋다.

프랑스 왕 단지 그것뿐입니까? 마음은 있어도

번번이 말하지 않고 그대로 내버려두는, 말을 적게 하는

천성,

단지 그것뿐입니까? 버건디 공,

공작께서는 어떻게 하시겠습니까? 중심에서 벗어난

---

31 코딜리어의 이 근처 대사는 흥분 때문에 중간에 끊기곤 한다.

지엽적인 하찮은 말에 얽매이면

그 사랑은 이미 진정한 사랑이 아닙니다. 공주님과 결혼

하시겠습니까?

공주님 자신이 재산입니다.

버건디 황공하오나 리어 왕 폐하, 폐하 자신이 말씀하신 영지만

이라도 주십시오.

그러면 지금 이 자리에서 코딜리어 공주님의 손을 잡고,

버건디 공작부인으로 삼겠습니다.

리어 왕 아무것도 못 주겠소. 나는 맹세했소. 이 결심을 절대 움직

일 수 없소.

버건디 그럼 유감이지만 코딜리어 공주님께서는 아버님을 잃으

셨기 때문에

남편까지도 잃으시게 되었습니다.

코딜리어 안심하십시오, 버건디 공작!

재산을 노리는 애정이라면

나는 아내가 되고 싶지 않아요.

프랑스 왕 아름다운 코딜리어 공주! 그대는 가난하지만 더없이 풍

부하고,[32]

버림을 받았기 때문에 더없이 훌륭하고, 멸시를 당했기

때문에 더없이 사랑스러운 분이 되셨습니다!

---

32 패러독스는 이 극의 중요 주제의 하나.

그대와 그대의 미덕을 나는 이 자리에서 내 손에 넣겠습니다.

버려진 것을 줍는 일은 법에 어긋나지 않을 것입니다.

신들이여, 참으로 이상한 일입니다! 모두들 차갑게 멸시하는데도

나의 사랑은 더욱 뜨겁게 불타오를 뿐.

국왕 폐하시여! 우연히 제 몫으로 던져주신 무일푼의 공주님을

저의, 저의 나라의, 아름다운 프랑스 왕비로 삼겠습니다.

물기[33] 많은 버건디 공작이 아무리 여럿 달려들어도,

비할 데 없이 존귀한 이 아가씨를 나한테서 사가지는 못할 것이오.

인정 없는 사람들이긴 하지만, 자, 작별의 인사를 하오, 코딜리어 공주.

그대는 이 나라를 잃었지만, 그것은 더 좋은 나라를 발견하기 위한 것이오.

리어 왕 프랑스로 데리고 가오. 그 애는 폐하의 것이오.

내게는 그런 딸이 있지도 않고, 그 애 얼굴을

두 번 다시 보고 싶지도 않으니, 어서 가오.

나의 호의도 사랑도 축복의 말도 줄 수 없소.

---

33 강이 많은 것과 인정이 물처럼 연한 것 양쪽을 포함.

자, 갑시다, 버건디 공.

팡파르, 리어 왕, 버건디, 콘월, 올버니, 글로스터와 종자들 퇴장.

프랑스 왕 언니들에게 작별 인사를 하오.

코딜리어 아버님의 보물인 언니들,

코딜리어는 울면서 작별 인사를 하오.

언니들의 인품을 나는 잘 알고 있소.

하지만 동생으로서 언니들의 결점을 들추기는 싫소.

아버님을 잘 모시오. 아까 말씀한 언니들의 사랑을 믿고

아버님을 맡기오.

그러나 내가 아버님의 총애를 받고 있다면

좀 더 좋은 곳에 모셨을 것을,

그럼 언니들 안녕히 계세요.

리건 네 지시는 받지 않겠다.

고너릴 열심히 노력해서 네 주인이나 기쁘게 해드려라.

운명의 여신의 자선물처럼 너를 주워주셨으니.

아버님께 대한 복종을 소홀히 했으니 네가 당하는 어려움

은 당연한 일이다.

코딜리어 시간이 흐르면 아무리 교묘히 접쳐진 위선심(僞善心)도 폭

로가 되고,

누구든지 허물을 감추고 있는 사람은 마침내 치욕의 조

소를 받게 되는 것이오.[34]

안녕히 계세요!

프랑스 왕 자, 갑시다. 아름다운 코딜리어.

(프랑스 왕과 코딜리어 퇴장)

고너릴 얘야, 여러 가지 이야기해둘 일이 있다, 우리에게 관계 깊은 일을.

아버님께서 오늘 밤 이곳을 떠나실 것 같다.

리건 확실히 그래요. 먼저 언니한테 가실 거예요. 다음 달에는 내게로 오실 거예요.

고너릴 아버님께서는 이제 늙으신 때문인지 정말 망령이 심하시구나. 주의해보면, 예삿일이 아니야. 아버님께서는 늘 끝의 동생을 제일 귀여워하셨는데, 그 애를 그렇게 내쫓으시다니, 너무 경솔하시구나.

리건 늙으신 때문이지. 하지만 지금까지도 아버님께서는 당신의 일을 전혀 모르셨어요.

고너릴 분별력이 왕성하셨을 때도 성질이 몹시 급하셨지. 그러니 이제 늙으신 걸 생각하면, 오랫동안의 습관으로 굳어진 여러 가지 성격상의 결함뿐만 아니라, 그 밖에 노쇠하여 더욱 성미를 부리는, 걷잡을 수 없는 망령을 각오하지 않으면 안 된다.

---

34 구약성서의 〈잠언〉 28장 13절에 "그 허물을 감추는 자는 번영하지 않는다"는 말이 있다.

리건 이번에 켄트 공을 추방하신 것과 같은, 그런 발작적인 재화를 우리도 받을지 몰라요.

고너릴 아버님과 프랑스 왕 사이에는 아직도 여러 가지 작별 인사의 의식이 남아 있을 거야.

얘야, 제발 공동 전선을 펴자.

아버님께서 지금 같은 기분으로 권력을 휘두르신다면, 일껏 이번에 권력을 양도받고도 우리로선 곤욕스러울 뿐이야.

리건 그 점에 대해서는 좀 더 신중히 생각해봅시다.

고너릴 아냐, 무슨 수를 써야 해. 그것도 되도록 빨리.

(두 사람 퇴장)

2장

글로스터 백작의 성

에드먼드, 편지를 가지고 등장.

에드먼드   자연[35]이여, 너야말로 나의 여신이다. 너의 법칙에만

나는 따르겠다. 대체 무엇 때문에 내가

질병과도 같은 습관 따위에 좌우되고,

세상이라는 그럴 듯한 번거로움에 구속되어, 상속권을 빼

앗기지 않으면 안 된단 말이냐?

겨우 형보다 열두 달, 또는 열넉 달쯤

늦게 태어난 때문이냐? 왜 사생아란 말이냐? 왜 비천하단

말이냐!

정절(貞節) 부인의 자식에 지지 않게, 나의 육체의 여러 부

분은 균형이 잡히고,

나의 마음은 고상하며, 나의 자태는 준수하지 않으냐? 그

---

35 1장 참조. 하지만 에드먼드의 '자연'은 리어 왕의 것과는 전혀 다른 새로운 자연관에 의한
것이다.

런데도 그들은 왜

사생아라는 낙인을 찍을까? 어째서 사생아냐? 어째서 비

천하냐?

남의 눈을 속여가며 뜨거운 사랑의 기쁨 속에서 생겨난

우리야말로

더욱 강건한 에너지로 충만해 있을 것이 아닌가?

피로하고 지쳐버려 김빠진 침대 속에서,

자는지 깼는지 모르는 상태에서,

타성(惰性)으로 만들어진 이 세상의 바보들과는 다르단

말이다! 자, 그러면

적자인 에드거 형이여! 나는 그대의 영지를 받아야겠소!

아버지의 애정은 적자에게나 첩에게서 난 에드먼드에게나

평등할 것이오. 적자! 좋은 말이오!

그런데 적자 형, 이 편지대로 일이 잘되고

내 계략이 들어맞는다면 사생아 에드먼드는

적자를 앞지를 것이다. 나는 훌륭해지고 나는 출세한다.

자, 여러 신들이여, 우리 사생아들을 위해 뻣뻣이[36] 지켜

서서 응원해주소서!

(글로스터 등장)

글로스터   켄트 백작도 저렇게 추방을 당했구나! 프랑스 왕도 분격

하여 돌아가버리고! 국왕 폐하께서는 오늘 밤 떠나셨구

---

36 섹스의 의미도 포함해서!

이 편지대로 일이 잘되고
내 계략이 들어맞는다면 사생아 에드먼드는
적자를 앞지를 것이다. 나는 훌륭해지고 나는 출세한다.
자, 여러 신들이여, 우리 사생아들을 위해 뻣뻣이 지켜 서서 응원해주소서!
― 1막 2장

나, 왕권을 버리시고! 급여만을 받는 궁색한 처지가 되셨지! 그런데 이 모든 것이 다 순식간에 일어난 일들이다! 에드먼드야, 웬일이냐? 그건 뭐냐?

에드먼드 아버님, (편지를 감추면서) 아무것도 아닙니다.

글로스터 왜 그렇게 당황해서 편지를 감추느냐?

에드먼드 아무 일도 없습니다, 아버님.

글로스터 방금 읽고 있던 편지는 무슨 편지냐?

에드먼드 아무것도 아닙니다, 아버님.

글로스터 아무것도 아니라고? 그럼 왜 그렇게 놀란 듯이 당황해서 호주머니에 집어넣느냐? 아무것도 아니라면 그렇게 감출 필요가 없지. 보여라, 자, 아무것도 아니라면 안경을 쓸 필요도 없을 테니까.

에드먼드 아버님, 용서해주십시오. 아직 다 읽지도 않았습니다만, 형님한테서 온 편지입니다. 제가 잠깐 읽어본 바로는, 아버님께서 안 보시는 편이 좋을 듯하옵니다.

글로스터 편지를 이리 다오!

에드먼드 드리든 안 드리든 아버님은 역정을 내실 것입니다. 제가 잠깐 읽어본 바로는 그 내용이 지독한 것입니다.

글로스터 자, 보여라, 보여!

에드먼드 아버님, 형님을 위해 변명의 말씀을 드리겠습니다만, 형님께서는 아마 저의 성실성을 시험하기 위해서 쓰신 걸로 생각됩니다.

글로스터 　(읽는다) "이 경로(敬老)의 습관 때문에 우리 청년들에게는 이 세상이 살기 어려운 것이 되어버렸다. 우리는 재산에서 멀리 격리되어, 양도받았을 때에는 이미 늙어서 그것을 향락할 수 없게 되는 것이다. 우리는 노인의 횡포와 압박을 헛되고 어리석은 속박이라고 느끼기 시작하였다. 그들이 지배하는 것은 힘이 있기 때문이 아니라, 우리가 인종(忍從)하고 있기 때문이다. 이 일에 대해서 더 이야기하고 싶으니 내게로 와다오. 만약 아버지께서 내가 깨워드릴 때까지 주무시기만 한다면, 아버지의 수입의 반은 영구히 네 것이 될 것이고, 너는 나의 사랑하는 동생이 될 것이다. 에드거" — 음, 이건 음모로구나! "내가 깨워드릴 때까지 주무시기만 한다면" — "아버지의 수입의 반은 영구히 네 것이 된다" — 자식 놈 에드거가! 그놈이 이것을 썼을까? 이런 일을 꾸밀 마음과 머리를 갖고 있었단 말인가? — 이 편지가 언제 너한테 왔니? 누가 가지고 왔니?

에드먼드 　누가 가져온 게 아닙니다, 아버님. 그게 교묘한 점입니다. 제 방의 창 안으로 던진 것을 제가 보았습니다.

글로스터 　네 형의 필적이 틀림없나?

에드먼드 　편지 내용이 좋다면 형님의 필적이라고 단언하겠습니다. 하지만 그걸 생각하면, 이것이 형님의 필적이라고 생각하고 싶지 않습니다.

글로스터 　그놈의 필적이다.

에드먼드　형님의 필적입니다. 하지만 형님의 본심은 아니라고 저는 생각합니다.

글로스터　이 일에 대해서, 그놈은 지금까지 네 마음을 떠본 적이 없니?

에드먼드　없었습니다, 아버님. 하지만 아들이 성년이 되고, 부친이 노쇠하면, 부친은 아들의 보호를 받고, 아들이 그 수입을 관리해야 한다고 곧잘 주장하시는 것을 들었습니다.

글로스터　오, 악한, 악한! 이 편지의 내용과 다름이 없구나! 가증스런 악한! 무도하고 잔혹한 악한! 짐승만도 못한 놈이다! 애, 그놈을 찾아내라. 그놈을 잡아야겠다. 가증스런 악한! 그놈이 어디 있니?

에드먼드　잘 모르겠습니다, 아버님. 하지만 노여움을 잠시 진정하시고 형님의 참뜻을 파악할 더 좋은 증거를 붙잡으시는 편이 좋지 않으실까요? 그것이 안전한 길이라고 생각합니다. 만약 형님의 참뜻을 오해하시어 애먼 조치를 취하신다면, 아버님의 명예에 큰 흠이 생기게 될 뿐만 아니라, 형님의 효심을 산산이 깨뜨려버리게 될 것입니다. 저는 형님을 위해서 목숨을 내걸고 단언합니다. 이 편지는 아버님에 대한 저의 애정을 시험하기 위해서 씌어진 것이지, 그 이상 위험스런 의도는 포함되어 있지 않습니다.

글로스터　그렇게 생각하니?

에드먼드　아버님께서 찬성하신다면, 저는 아버님을, 저희 형제가 이 일에 대해서 이야기하는 것을 들으실 수 있는 곳에 안 내해드리겠습니다.[37] 그러면 직접 들으시고 납득이 가시 겠지요. 그것도 더 지체할 것 없이 오늘 밤이 어떠시겠습 니까?

글로스터 그놈이 설마 그런 무도한 짓을 —.

에드먼드 그럴 리가 없습니다, 확실히.

글로스터 이렇게 진심으로 저를 사랑하는 제 아비한테. 이 무슨 해 괴한 짓이란 말이냐! 에드먼드야, 그놈을 찾아오너라. 그 놈의 진심을 살펴서 내게 알려다오. 내 지위를 희생해서 라도 이 일의 확실한 진상을 알아야겠다.

에드먼드 곧 찾아오겠습니다. 수단껏 살펴보고 아버님께 자세히 보 고드리겠습니다.

글로스터 최근의 일식, 월식은 불길한 전조야. 자연의 이치를 아는 학자들은 이러쿵저러쿵 설명하지만, 자연은 그에 잇달아 일어나는 사건에 의해서 벌을 받는 것이다. 애정은 식고, 우정은 땅에 떨어지며, 형제는 불화하고, 도시에는 분쟁, 시골에는 반목, 궁정에는 반역이 일어나며 부자간의 인연 은 끊어져버린다. 악한이 된 내 자식 놈에게도 예언은 적 중했다. 자식은 아비를 배반하고, 왕은 자연의 정도를 벗

---

37 사실은 안내하지 않는다. 아버지를 자기 페이스 속에 끌어들이기 위한 에드먼드의 거짓 말인지, 셰익스피어가 이야기 줄거리를 바꿨는지, 《오셀로》에 같은 장면이 나오는 것을 생각하고 중지한 것인지 명확하지 않다. 아무튼 이대로 괜찮은 것 같다.

어나며, 아비는 자식을 학대한다. 세상은 말세가 되어서 음모, 불성실, 반역, 그리고 만물을 파괴하는 혼란이 우리의 마음을 뒤흔들고, 무덤에까지 뒤쫓아오는 것이다. 이 악한을 찾아내라, 에드먼드야. 너한테는 아무 손해되는 일도 없게 할 테니,[38] 조심해서 해라. 고결하고 성실한 켄트 백작이 추방을 당하다니! 더구나 그 죄명이 '정직'이라니! 참으로 해괴하기 이를 데 없는 일이다.

(퇴장)

에드먼드 정말 우스꽝스런 이야기가 아닌가. 운이 나빠지면…… 그것도 대개는 자업자득, 자신의 실수로 그렇게 되는 것인데, 제 재난을 태양이나 달이나 별의 탓으로 돌려버린다. 마치 우리는 부득이 악한도 되고, 천체의 힘 때문에 바보가 되는 것처럼 말이다. 악한도 도둑도 모반인(謀叛人)도 모두 별의 영향이며, 주정뱅이도 거짓말쟁이도 간통도 유성(遊星)의 힘에 억지로 굴복한 때문이며, 우리가 나쁜 것은 신의 명령 때문이라는 것이다. 음탕한 인간이 자기의 음탕한 성질을 별 때문이라고 하니, 참 훌륭한 책임 회피지. 우리 아버지와 어머니는 틀림없이 용자리[39]의 꼬리 밑에서 만났을 것이다. 즉 나는 큰곰자리[40] 밑에서 태어난

---

38 리어와 마찬가지로 이해 관계를 내세워 말하는 글로스터.

39 북반구의 별자리. '용자리의 꼬리'는 점성학에서 쓰는 말로 달의 진로와 황도(黃道)의 교차점. 모든 악의 근원으로 생각되었다.

40 투쟁, 살인, 음란을 나타내는 별자리로 생각되었다.

셈이 된다. 그래서 나는 사납고 음란하다는 말이지. 이 무슨 잠꼬대 같은 소리람! 이 사생아님이 태어나실 때, 하늘에서 제일 순결한 별이 반짝이고 있었더라도 나는 역시 이대로의 나였을 것이다. 아, 에드거 형이다—.

(에드거 등장)

옛 희극의 마지막 장면처럼 마침 잘 왔다. 그런데 내 역할은 잔뜩 우울한 표정을 지으며, 미친 거지 베드럼의 톰[41]처럼 한숨짓는 일이다.[42] 오! 요즘 계속된 일식, 월식이 그 모든 불협화음의 전조였구나, 파, 솔, 라, 미.[43]

에드거 웬일이냐, 에드먼드! 뭘 그리 심각하게 생각하니?

에드먼드 형님, 저는 지금 일식, 월식 뒤에 일어나는 일에 대해서 요즘 읽은 예언을 생각하고 있었어요.

에드거 그런 걸 좋아하니?

에드먼드 형님께 말씀이지만, 예언에 씌어 있는 그대로의 일이 불행히도 잇달아 일어나고 있습니다. 예컨대 자식과 부모 사이의 불화, 죽음, 기근, 오랜 우정의 결렬, 국가의 내란,

---

41 런던 남동부에 있는 베들레헴 정신병원의 수용자로, 이따금 구걸하기 위해 외출이 허용된 미치광이 거지. 후에 그 흉내를 낼 가짜 미치광이 거지. 베드럼의 잭이라고도 한다. 또 그 정신병동을 아브라함(Abrabam)이라 불렀기 때문에 '아브라함 맨'이라고도 불렀다. 2막 3장 이후에서 에드거가 그 흉내를 낸다.

42 '베드럼의 톰' 패는 미치광이의 흉내를 내고 큰 소리를 지르며 돈을 내라고 조르기도 하고 농가에서는 베이컨 등을 내놓으라고 조르기도 했다.

43 노래를 하며 에드거가 오는 것을 모른 체하는 것인데, 파, 솔, 라, 미는 그 자체가 조금 전에 말한 '불협화음'이라 생각되고 있다.

왕과 귀족에 대한 비난 공격, 이유도 없는 불신, 친구의 추방, 군대의 소멸,[44] 이혼 등등 그 밖에 숱한 일들이.

에드거　년 전부터 점성술에 빠져 있었니?

에드먼드　그보다도 최근 언제 아버님을 만나 뵈었습니까?

에드거　간밤에.

에드먼드　이야기를 하셨습니까?

에드거　그래, 두 시간쯤.

에드먼드　기분 좋게 헤어지셨어요? 말씀으로나 안색으로 보아 아버님께서 불쾌하신 것 같지는 않았어요?

에드거　아니, 아무렇지도 않으셨는데?

에드먼드　잘 생각해보세요, 혹시 무슨 일로 아버님의 기분을 상해드리지 않으셨는지. 제발 아버님의 울화가 좀 수그러들 때까지 잠시 아버님 앞을 피하세요. 지금 화가 머리끝까지 치밀어 오르셨기 때문에 아버님께서 형님 몸에 위해를 가하는 정도로는 그 화가 가라앉지 않으실 것입니다.

에드거　누가 나를 모략한 게지.

에드먼드　저도 그런 생각이 듭니다. 제발 꾹 참고 기다려주세요. 아버님의 불 같은 화가 좀 가라앉으실 때까지, 아무튼 함께 제 방으로 가주세요. 기회를 보아 아버님의 말씀이 잘 들리는 곳으로 안내해드릴 테니까요. 자, 가십시다. 이것이 열쇠입니다. 외출하실 때는 무기를 휴대하세요.

---

44 병졸의 병사(病死), 탈주 등에 의해서. 당시 흔히 있었던 일.

에드거	무기를 휴대하라니?
에드먼드	형님, 저는 형님을 위해서 말씀드리는 것입니다. 무기를 휴대하세요. 말씀드리기 어려운 일이지만, 형님에게 호의를 품고 있는 이는 한 사람도 없어요. 저는 보고 들은 것을 말씀드리는 것입니다. 하지만 막연히 암시했을 뿐이지, 이 사실의 무서운 진상은 도저히 말할 수가 없습니다. 자, 가시죠.
에드거	곧 연락해주겠니?
에드먼드	이 일에 대해서는 형님을 위해 전력을 다하겠습니다.

(에드거 퇴장)

잘 속아 넘어가는 아버지! 형도 사람이 좋아

남을 해칠 줄 모르는 성질이기 때문에

절대로 남을 의심할 줄 모른다. 그 어리석은 고지식함 때문에

내 계략은 용이하게 진전될 것이다! 이제 표적은 분명해졌다.

태생이 나빠서 안 된다면 머리로나마 영지를 받아야지.

잘되기만 하면, 다른 일이야 어떻게 되든 상관할 것 없다.

(퇴장)

3장
올버니 공작의 궁전

고너릴과 오스왈드 등장.[45]

고너릴 수행하는 바보 광대[46]를 나무랐다고, 그래 아버님께서 우
리 기사를 때리셨단 말이오?

오스왈드 네, 그렇습니다.

고너릴 밤낮으로 아버님은 나를 괴롭히시고,
시시각각으로 잇달아 엉뚱한 일을 저지르시기 때문에
집안이 온통 난장판이야. 이젠 더 참을 수가 없어.
아버님의 종자들은 난폭해지고,
아버님 자신도 조그만 일에도 일일이 역정을 내시어 우리
를 나무라신단 말이야.
사냥에서 돌아오셔도 나는 말을 하지 않을 테니,
내가 앓는다고 그래요.

---

45 1장에서 두 주일쯤이 지났다. 그동안에 리어는 장녀 고너릴의 집에 머물렀다.

46 중세 시대에 왕후, 귀족을 따라다니며 비위를 맞추던 광대.

이전처럼 시중 들 필요는 없어요.

그 모든 책임은 내가 질 테니까.

(무대 안에서 호각 소리)

오스왈드 노왕께서 돌아오십니다. 소리가 들립니다.

고너릴 어떻게 해서든지, 게으름을 피우는 체하고 있어요.

당신들 모두. 그래서 한바탕 말썽이 일어났으면 좋겠어요.

그게 싫으시다면 동생한테 가시라지.

하지만 그 동생도 마음은 나와 똑같을걸.

명령받는 일 따위는 지긋지긋해, 정말 어리석은 늙은이야.

벌써 물려준 국왕의 권력을 언제까지나

휘두르려 하다니! 내 맹세하지만,

망령든 늙은이는 다시 갓난애가 되는 거니까,[47]

응석을 받아주는 것도 좋지만,

도가 지나쳐 분수를 잃으면 혼내줘야 하는 거요.

지금 말한 것을 잊지 말아요.

오스왈드 잘 알았습니다.

고너릴 그리고 아버님이 데리고 있는 기사들한테도 냉담한 태도
를 보여요.

그 때문에 무슨 일이 일어나든 상관없어요. 동료들한테도
그렇게 전해요.

---

47 당시의 격언식 표현.

이래서 어떤 기회가 생기면, 내 마음먹은 것을 이야기할 테니까.

반드시 그렇게 해보이겠소. 곧 동생에게도 편지를 써서, 나와 같은 행동을 취하게 해야지. 저녁 식사 준비를 하오.

(두 사람 퇴장)

4장
같은 집의 큰 방

변장한 켄트 등장.

켄트 여기다 딴 사람의 음색까지 가장하여

내 말투를 속일 수 있다면, 이렇게 내 본색을 감춘 목적을

충분히 이룰 수가 있을 텐데. 그런데 추방된 켄트여,

사죄(死罪)의 선고를 내린 그분을 네가 잘 모실 수만 있다

면,

네가 사모하는 주군께서

너의 수고를 알아주실 날이 틀림없이 올 것이다.

무대 안에서 호각 소리. 기사와 여러 종자들을 데리고 리어 왕 등장.

리어 왕 즉시 저녁 식사를 해야겠다. 잠시도 기다릴 수 없어. 자,

즉시 준비를 시켜라.

(종자 한 사람 퇴장)

이봐라! 너는 누구냐?

켄트 사나이올습니다.

리어 왕 용건이 뭐냐? 내게 어떻게 해달라는 거냐?

켄트 보시는 바와 같은 사람입니다.

저를 믿어주시는 분에게 충실히 봉사하고, 정직한 분을 사랑하며, 현명하고 말이 적은 분과 사귀며, 신의 심판을 두려워하고, 만부득할 경우에는 단호히 싸우고, 그리고 생선을 먹지 않습니다.[48]

리어 왕 너는 누구냐?

켄트 대단히 정직한 사나이입니다. 그리고 폐하처럼 가난합니다.

리어 왕 왕이 왕으로서 가난한 것처럼,

네가 신하로서 가난하다면 과연 너는 가난뱅이겠지. 그래 네 소망이 뭣이냐?

켄트 일을 하고 싶습니다.

리어 왕 누구를 위해서 일을 하고 싶단 말이냐?

켄트 폐하께.

리어 왕 너는 나를 알고 있느냐?

---

48 두 가지의 해석이 내려지고 있다. 첫째, '나는 국가에 충실한 신교도입니다'. 당시 (금요일에) 생선을 먹는 것은 로마 가톨릭교도의 표지로 여겨지고, 로마 가톨릭교도는 반정부적이라고 생각되었다. 둘째, '나는 생선 따위나 먹는 허약한 사람이 아닙니다(육식을 하는 장사입니다)'. 또《로미오와 줄리엣》1막 1장 등에도 있는 바와 같은 연상(聯想)에서, '나는 계집질 따위는 하지 않습니다'고 하는 비천한 연상이 포함되어 있을지도 모른다.

켄트	모릅니다. 하지만 폐하의 자태에는 제가 주군이라고 부르고 싶은 그 무엇이 있습니다.
리어 왕	그건 뭐냐?
켄트	위엄입니다.
리어 왕	너는 무슨 일을 할 수 있느냐?
켄트	명예로운 비밀은 지킵니다. 말도 타고, 달릴 줄도 압니다. 허식투성이인 이야기는 지껄이는 동안에 깨쳐버립니다. 가식이 없는 전갈은 그대로 솔직히 전합니다. 보통 인간이 할 수 있는 일이라면 저도 할 능력이 있습니다. 저의 가장 뛰어난 점은 근면입니다.
리어 왕	몇 살이냐?
켄트	여자가 노래를 잘한다고 그 여자에 반할 만큼 젊지도 않고, 또 무슨 일이 있든 여자에게 정신 없이 빠져들 만큼 늙지도 않았습니다. 이 등에다 마흔여덟 해를 짊어지고 있습니다.
리어 왕	따라 오너라. 나를 위해서 일을 하게 해주겠다. 식사 후에도 내 마음이 변치 않는다면 금방 내쫓지는 않겠다. 식사를, 여봐라, 식사를 가져와라! 종자는 어디로 갔니? 광대는? 너 가서 광대를 이리로 데려 오너라.

(종자 한 사람 퇴장)

오스왈드 등장.

애, 얘야, 내 딸은 어디 있니?

오스왈드 실례합니다―.

리어 왕 저놈이 뭐라는 거지? 저 얼간이를 불러 와라. 광대는 어디 갔니? 세상이 다 잠들어버렸나!

(기사 한 사람 퇴장)

기사 다시 등장.

어찌 됐어! 그 개 같은 놈은 어디 갔어?

기사 그놈 말로는, 공작부인께서는 편치 않으시다고 합니다.

리어 왕 내가 불렀는데, 그놈은 왜 돌아오지 않느냐?

기사 그놈은 아주 무례하기 짝이 없는 태도로, 돌아오기 싫다고 제게 말했습니다.

리어 왕 돌아오기 싫다고!

기사 폐하, 사정은 잘 모르겠습니다만, 제가 보기에는 폐하께서 요즘, 이전과 같은 예의에 합당한 따뜻한 대우를 못 받으시는 듯합니다.

공작 댁의 종자들뿐이 아닙니다.

공작 자신과 폐하의 따님이신 공작부인까지도 친절심이 현저히 감퇴된 듯합니다.

리어 왕 음! 너도 그렇게 생각하나?

기사 폐하, 제가 잘못 생각했으면 용서해주십시오. 폐하께서

냉대받고 계시는 듯하여 신하로서 묵인할 수 없어서 말씀
드린 것입니다.

리어 왕 아냐, 너는 내가 느끼던 것을 생각나게 해주었을 뿐이야.
나도 요즘 약간[49] 푸대접받는 듯이 느껴왔지만, 그것은 고
의로 의도된 불친절이 아니라, 나 자신의 비뚤어진 생각
때문이려니 하고 오히려 나 자신을 책망해왔다. 좀 더 주
의해보기로 하자. 그런데 내 광대는 어디 갔지? 이틀 동안
이나 못 보았는데.

기사 막내 공주님께서 프랑스로 떠나신 후로 광대는 몹시 상
심하고 있습니다.

리어 왕 그 말은 그만둬라, 나도 잘 알고 있으니. 얘, 내 딸한테 가
서 내가 할 말이 있다고 전해라.

(종자 한 사람 퇴장)

자, 너는 광대를 불러 오너라.

(다른 종자 퇴장)

오스왈드 다시 등장.

얘, 얘야! 이리 오너라. 내가 누구라고 생각하니?

오스왈드 주인아씨의 아버지지요.

---

49 기사는 친절심이 "현저히 감퇴되었다"고 말하는데, 리어는 "약간"이라고 말한다. 스스로
약간이라고 생각하려 하는 리어.

리어 왕	'주인아씨의 아버지'라! 공작 집안의 종놈! 이 짐승 같은 놈! 노예! 개놈!
오스왈드	말대꾸를 하는 것 같습니다만, 저는 그런 사람이 아닙니다.
리어 왕	네가 나를 노려봐? 이 불한당 같은 놈!

(그를 때린다)

오스왈드	그냥 맞고만 있지는 않을걸요, 폐하.
켄트	발에 차이고만 있진 않겠느냐? 이 야비한 축구 미치광이 놈![50]

(그의 발뒤꿈치를 냅다 차서 쓰러뜨린다)

리어 왕	고맙다. 잘했어. 너를 귀여워해주겠다.
켄트	자, 일어나 꺼져버려! 네 처지를 알았지. 썩 꺼져버려! 네 그 커다란 쓸모없는 몸뚱이를 한 번 더 땅바닥에 굴리고 싶거든 거기 있거라. 자, 꺼져! 이놈아 머리는 달려 있느냐? 그렇지.

(오스왈드를 밀어낸다)

리어 왕	넌 우리 편이다. 고맙다. 자, 네 보수를 선금으로 주겠다.

(켄트에게 돈을 준다)

광대 등장.

---

50 당시 축구(football)는 하급 게임으로 생각되었다. 길거리에서 일은 않고 게으름을 피우는 젊은이들이 축구를 하여, 시민들의 빈축을 샀다.

자, 일어나 꺼져버려! 네 처지를 알았지. 썩 꺼져버려!
네 그 커다란 쓸모없는 몽뚱이를 한 번 더 땅바닥에 굴리고 싶거든 거기 있거라.
자, 꺼져! 이놈아 머리는 달려 있느냐? 그렇지.

－1막 4장

광대	나도 그 사람을 고용하겠습니다. 자, 내 볏 모자[51]를 주지.

(켄트에게 광대의 모자를 준다)

리어 왕	애, 이 장난꾸러기 놈아! 어떻게 된 셈이냐?
광대	이봐, 내 볏 모자를 쓰는 편이 좋을 거야.
켄트	왜 그래?
광대	왜라니, 쇠퇴해가는 사람의 편을 드니까 그렇지. 안 그래? 바람 부는 대로 웃음 짓지[52] 않으면 이내 감기 들걸. 자, 이 볏 모자를 쓰라고. 이[53] 사람은 딸 둘을 내쫓고,[54] 셋째 딸에게는 마음에도 없는 축복[55]을 주었단 말이야. 당신이 사람을 따라다니려면 내 볏 모자를 써야 해. 어때요,[56] 아저씨![57] 내게 볏 모자 두 개와 딸이 둘만 있었으면 좋겠는데요!
리어 왕	왜 그러니?
광대	딸들에게 재산은 다 주어도, 볏 모자 두 개만은 남겨둬야

---

51 직업 광대(궁정에 따른 광대)가 쓰는 모자. 붉은 플란넬 천으로 된 볏 모양이나 당나귀 귀 모양이 달려 있다.

52 강한 쪽에 붙는 일.

53 리어 쪽을 가리키면서.

54 왕국을 고너릴과 리건 두 사람에게 나누어주어 독립시키고, 두 딸을 잃었다. 하지만 "내쫓고"에는 막내딸 코딜리어에 대한 처사도 들어 있는 듯.

55 코딜리어는 글자 그대로 '추방해'버렸지만, 그녀는 프랑스 왕과 결혼하고, 버건디 공작 따위와는 다행히 결혼을 하지 않아도 되었다. 결과적으로는 '축복된' 셈이 된다.

56 지금까지는 아예 리어를 무시하고 있었다.

57 광대는 윗사람을 이렇게 부른 모양. 동료끼리는 '사촌'이라고 불렀다.

죠.[58] 자, 내 것을 하나 드리겠습니다! 딸들에게 머리를 숙여[59] 또 한 개[60] 얻으세요.

리어 왕 말조심해라, 매 맞는다.[61]

광대 '진실'이라는 놈은 밖에 내쫓기는 개 같은 것입니다. 진실은 실컷 매를 맞고, 암캐 마님은 난로 옆에서 더러운 냄새를 피우고 있어요.[62]

리어 왕 아, 내가 이 무슨 고통이람![63]

광대 내가 좋은 노래를 하나 가르쳐드릴까?

리어 왕 가르쳐다오.

광대 잘 들어보세요, 아저씨 —.[64]

가진 돈을 전부 보이지 말고,

아는 것을 전부 말하지 말라.

가진 돈을 전부 빌려주지 말고,

걷기보다는 말을 타고,[65]

---

58 당시의 격언에 '죽기 전에 재산을 전부 나누는 어리석은 자'라는 말이 있다.

59 광대의 표시(볏 모자)를 얻는 데조차도, 리어는 이제 딸들에게 머리를 숙이지 않으면 안 되는 현실을 군이 강조하는 광대.

60 리어는 광대의 표시를 두 개 쓰라는 것이다!

61 광대는 언동이 지나치면 어린아이처럼 매를 맞았다.

62 '진실'은 코딜리어와 광대, 암캐는 고너릴과 리건. '진실'과 '추종'의 대비

63 오스왈드의 무도한 짓에 대해서 말한다는 생각, 코딜리어를 추방한 일에 대해서 말한다는 생각, 광대의 통렬한 풍자에 대해서 말한다는 생각 등, 여러 가지로 해석된다.

64 이하는 당시의 격언집 같은 것. 《햄릿》에서 폴로니어스의 아들에게 하는 설교 참조.

65 신발이 닳거나 피로할 일이 없다!

들은 것을 전부 믿지 말라.

가진 돈을 전부 걸지 말고,

술과 계집 다 버리고,

집 안에 잔뜩 틀어박혀 있으면,

20실의 원금으로 그 10할,

10실의 곱 벌기는 식은 죽 먹기지.

켄트 쓸데없는 헛소리구나, 이 바보야.

광대 그건 무료 봉사하는 변호사의 진술 같은 것이지, 내겐 아무것도 주지 않으니. 아저씨, 무에서 유는 만들 수 없소?

리어 왕 그건 안 돼. 무에서 생기는 건 무뿐이지.

광대 (켄트에게) 제발 이 사람한테 말해줘요. 당신의 영지 지대 (地代)도 마찬가지라고 말이오. 이 사람은 광대의 말을 절대로 믿지 않으니까.

리어 왕 입맛 쓴 소릴 하는 바보 놈이로군!

광대 씁쓰레한 바보와 달콤한 바보의 구별을 알고 있소?

리어 왕 아니, 모르겠는데. 가르쳐다오.

광대 당신의 땅을 물려주라고,

당신에게 권유한 그 양반[66]을

내 옆으로 데리고 오소.

---

66 옛 연극 〈리어 왕〉에서는 스칼리거라는 "양반"이 왕국 분할을 권유한다. 셰익스피어는 그것을 염두에 두고 광대에게 이런 노래를 시켰는지, 아니면 '그 양반'을 강조함으로써 눈앞에 있는 리어 왕의 어리석은 행위를 광대로 하여금 풍자하게 한 것일까?

당신이 그 양반 대신을 하오.

달콤한 바보와 쌉쓰레한[67] 바보,

두 바보가 나란히 나타나리다.

얼룩 옷[68] 바보가 여기 한 사람,

또[69] 한 사람은 저쪽에 있소.

리어 왕 이놈아, 나를 바보라고 하느냐?

광대 다른 이름은 모두 양도해버렸으니, 이제 남은 건 타고난 바보 이름뿐이오.

켄트 이놈은 완전한[70] 바보는 아니군요, 폐하.

광대 사실 그래. 높은 양반들이 나 혼자서 바보 노릇을 하게 내버려두지를 않는단 말이야. 내가 바보 전부의 전매특허를 갖는다면 나눠달라고 야단일 거야. 귀부인들까지도 한몫 끼어들어 절대로 내게 바보 전부를 독점시켜주지 않는단 말이야. 뺏어가려고 하거든. 아저씨, 나 달걀 하나만 줘요. 대신 관 두 개를 줄 테니.

리어 왕 무슨 관[71]이냐, 두 개라는 것은?

---

67 앞의 리어의 '입맛 쓴'과 같은 'bitter'인데, 앞의 입맛 쓴 말을 한다는 의미는 어느덧 변하여 '쌉쓰레한 고생을 경험한', '가엾은'이라는 뜻이 되는 것 같다.

68 광대의 의상.

69 리어를 가리키며.

70 켄트는 '모든 점에서 어리석다'는 의미로 "완전한"이라고 했는데, 광대는 그것을 고의로 '모든 어리석음을 갖는다'는 뜻으로 받아 응수하는 것이다.

71 원어 "crown"은 '왕관'인데, 둘로 쪼갠 달걀 껍질도 그렇게 불렀다. 리어는 광대의 수수께끼의 의미를 잘 알면서 일부러 묻는 것이다.

광대   그야 달걀을 가운데서 쪼개서 속을 먹어버리면 관이 둘 남지 않아? 낭신은 자기 왕관을 쪼개가지고 둘 다 줘버렸지. 덕분에 당나귀를 업고 진흙 길을 건너지 않았소.[72] 황금 관을 줘버렸으니, 당신 대머리 골통 속에는 별 신통한 지혜도 남은 게 없지. 내 말이 바보스럽다면,[73] 그렇게 생각한 놈[74]이 먼저 매를 맞아야 해.

(노래한다)

금년은 바보가 시세 없는 해,[75]
영리한 사람이 바보가 되어
지혜를 통 쓸 줄 모르니,
하는 짓들이라곤 원숭이 흉내뿐.

리어 왕   언제 그렇게 노래를 배웠니?

광대   당신이 딸들에게 당신 어머니 노릇을 하게 했을 때부터요,[76] 아저씨. 당신이 딸들에게 회초리를 맡기고, 바지를 끌어내렸으니까.

(노래한다)

그들은[77] 별안간 기뻐서 울고,

---

72 이솝 우화.

73 '바보 같은 어리석은 소리를 한다'와 '바보처럼 함부로 지껄인다'는 두 가지 뜻을 포함.

74 리어 자신!

75 영리한 사람들이 모두 바보가 되는 세상이니 진짜 바보는 실업자가 될 수밖에.

76 두 딸에게 몸을 의탁한 이후로 쭉.

77 처음 2행은 당시의 민요에서 따온 것.

나는 슬퍼서 노래하였소.

이런 임금님이 숨바꼭질하여[78]

바보의 무리에 끼어들다니.

아저씨, 당신의 바보[79]에게 거짓말을 가르쳐줄 선생을 하

나 고용했으면 좋겠소. 거짓말하는 걸 배우고 싶으니.

리어 왕 너 거짓말하면 매 맞는다.

광대 놀랐는걸. 대체 당신과 당신 딸들은 어떤 관계요? 딸들은

내가 참말을 한다고 매질을 하고, 당신은 내가 거짓말을

한다고 매질을 하니. 그러다간 말 안 한다고 또 매를 맞

겠지. 바보만은 되고 싶지 않소. 하지만 당신같이 되기도

싫소, 아저씨. 당신은 지혜의 양쪽 껍질을 벗겨버려서 한

가운데는 아무것도 남아 있지 않거든. 저기 반 조각이 오

는군.

고너릴 등장.

리어 왕 애야! 왜 그렇게 얼굴을 찌푸리고 있니? 너는 요즘 너무

자주 얼굴을 찌푸리는 것 같다.

광대 이 사람이 얼굴을 찌푸려도 상관할 필요가 없었던 무렵에

는 당신도 참 좋은 사람이었는데. 이젠 숫자 없는 제로가

---

78 눈을 가리고, 즉 왕권을 물려주는 등 맹목적이 되어.

79 즉 광대 자신.

되었어. 이제 내가 당신보다 낫소. 나는 바보지만 당신은
아무것도 아니오. (고너릴에게) 알았습니다. 입을 다물지
요. 얼굴에 그렇게 씌어 있어요, 아무 말씀 안 하셔도. 쉬,[80]
조용히.

싫증[81]이 난다고 빵 속[82]과 껍질을
버리고 나면 허기진다.
이건[83] 알맹이 뺀 콩깍지야.

고너릴 아버님, 무례가 허용된 이 바보뿐 아닙니다.
아버님께서 데리고 계신 그 밖의 오만무쌍한 종자들도,
시시각각으로 트집을 잡고 싸우기 때문에
그 난폭한 소동을 저로선 도저히 참을 수가 없습니다.
실은 아버님께 이 말씀을 드려서
안전한 조치를 취해야겠다고 생각한 적도 있습니다.
하지만 요즘 아버님의 말씀이나 행동을 보면
아버님께서는 오히려 그러한 행동을 감싸고 시인하실 뿐
아니라,
장려하시는 듯합니다. 만약[84] 이것이 사실이라면,

---

80 자기 자신에게 말한다.

81 당시의 교훈적인 가요의 일부라고 생각하는 사람도 있다.

82 "빵 속"(속의 부드러운 부분)은 리어의 왕국, "껍질"은 국왕의 칭호를 말하는 모양. 왕국의
알맹이를 잃으면, 칭호만은 유지하려 해도 결국 무리한 일이다.

83 리어를 가리키면서.

84 원문에서는 이 대목에서부터 고너릴이 고의로 복잡한 표현을 쓰고 있다.

세상의 비난을 면치 못하실 것입니다. 또한 그 대책도 단호히 강구하겠습니다.

나라의 안녕과 행복을 기원하는 나머지,

그것이 발동되면 혹 아버님을 모욕하는 결과가 될지도 모릅니다.

다른 경우 같으면 집안의 욕이 될지 모르나, 만부득한 이 경우엔

세상 사람들도 현명한 조치라고 말해줄 것입니다.

광대 그래, 아저씨도 아시다시피

종다리가 뻐꾸기를 끝까지

키워준 덕분에 물려 죽었소.[85] 그래서 촛불도 꺼지고, 우리는 칠흑 같은 어둠 속에 남겨졌느니라.

리어 왕 너는 내 딸이냐?

고너릴 아버님 머리에는 훌륭한 지혜가 가득 들어 있사오니,

그 지혜를 십분 활용해주십시오. 그리고 요즘,

아버님의 본성을 변하게 한 그런 기분을

버리시기 바랍니다.

광대 수레가 말을 끌면, 거꾸로[86] 된 일이라는 것쯤은 얼간이

---

85 뻐꾸기는 종다리 등 다른 새의 둥지에 산란하고, 부화하면 새끼는 커서 그 둥지의 어미 새를 물어 죽인다고 전해졌다. 로마 시대부터 전해오는 말로, 이 2행은 격언적인 말이라 생각해도 좋다. 이 2행의 노래는 광대가 앞에서 말한 고언(苦言)을 지우기 위한 장난일까, 아니면 광대가 여기서도 리어의 애처로운 처지를 가리켜 말하는 것일까?

86 딸이 아버지에게 명령하고 있으므로.

당나귀인들 모를 리가 없지. "야,[87] 아가씨! 난 그대가 제일 좋아요."

리어 왕 누가 여기서 나를 아는 사람은 없나?

이것은 리어가 아니다.

리어가 이렇게 걷나? 이렇게 말하나? 눈은 어디 있지?

머리의 기능이 둔해져서, 지력(知力)도

마비돼버렸다―도대체 내가 깨어 있는 현실일까? 그렇지 않다.

이 내가 누군지, 누가 내게 가르쳐주지 않겠나?

광대 리어의 그림자야.

리어 왕 그게[88] 알고 싶은 것이다. 국왕의 상징, 지력, 이성, 그것들이 나를 속여 내게 딸이 있다고 생각하게 한 모양이다.

광대 그런 당신을 딸들은 말 잘 듣는 아버지로 만들려는 거야.

리어 왕 부인, 당신의 이름은 무엇이오?

고너릴 아버님, 그 당혹한 체하시는 것도

요즘 나타내시는 숱한 망령과 같은 종류의 것입니다.

제발 제가 말씀드리는 취지를 정당하게 이해하여주세요.

아버님께서는 연로하시고 존경받는 분이신 만큼 총명하셔야 합니다.

지금 아버님께서는 1백 명의 기사와 종자 들을 데리고 계

---

87 옛 노래 문구로 생각된다. 그것을 사용하여 고너릴을 칭찬하는 듯이 하며 놀렸다.

88 "내가 누군지"라는 것. 광대의 말도 안 들리는 듯, 자기의 대사, 로직(logic)을 쫓는 리어.

십니다.

모두 난폭하고 방탕하고 뻔뻔스런 사람들뿐입니다.

그래서 이 저택은 온통 그들의 나쁜 행동에 물이 들어,

난잡한 여관같이 되어버렸습니다. 술과 음탕한 섹스 때문에

전아(典雅)해야 할 이 궁정은 마치 술집이나 갈보집같이 되어버렸습니다.

파렴치도 이러한 지경에 이르러선 더 참을 수 없습니다.

곧 무슨 조치를 취해야겠습니다. 그래서 간청하옵니다.

아버님의 종자의 수를 좀 줄여주십시오.

들어주지 않으시면 물론, 제 마음대로 실행할 작정입니다만.

그리고 자신의 신분과 주군의 입장을 아는 것은 물론,

아버님 노령에 알맞은 사람들만이, 사람의 수를 줄인 후에도,

계속 종자로 남아 있게 해야겠습니다.

리어 왕 지옥의 악마 같은 것들! 내 말에다 안장을 대라. 내 종자들을 집합시켜라!

이 쓸모없는 불효자식 같으니! 네 신세를 지지 않겠다.

내겐 딸이 또 하나 있어.

고너릴 아버님은 집안 사람들을 때리시고,

아버님을 수행하는 난폭한 종자들은 윗사람들을 하인같

이 대해요.

올버니 등장.

리어 왕 분하지만 너무 늦었다 ─. (올버니에게) 아, 공작 왔소?

이건 귀공의 뜻이오? 말해봐. 내 말을 준비해라.

배은망덕한, 돌의 마음을 가진 악마야!

네가 내 피를 나눠 받은 진짜 딸인 만큼,

바다의 괴물[89]보다도 더 무섭구나!

올버니 아버님, 제발 진정하십쇼.

리어 왕 (고너릴에게) 이 더러운 소리개[90]야! 너는 거짓말을 하고

있어.

내 종자들은 지극히 우수하고 드문 재질을 가진 사람들

이야.

신하로서의 의무에 관해서는 세세한 점에 이르기까지 잘

알기 때문에

자기의 영예로운 이름을 더럽히지 않으려고,

주야로 힘쓰고 있다. 오, 지극히 사소한 허물,

---

89 고전 신화의 영웅 헤라클레스가 죽인 괴물이라는 학자도 있고, 또 고래를 가리킨다고 말하는 학자도 있다. 이것들을 총괄한 일반적인 바다의 괴물이라고 생각하는 것이 좋을 것이다.

90 셰익스피어에게 소리개는 겁쟁이, 비열, 잔인, 죽음 등의 심벌이었다.

그것이 코딜리어 때에는 어찌 그리 추악하게 보였을까!

그것이 마치 고문하는 도구처럼 나의 자연스런 정을,

그 고유한 장소[91]에서 비틀어내고, 내 마음에서 모든 애정을 뽑아내어

쓰디쓴 증오심 속에 잠기게 했구나. 오, 리어, 리어, 리어!

(자기 머리를 두드리면서) 이놈이, 이놈이 소중한 분별심을 쫓아버리고,

이런 어리석은 짓을 저질러버렸다. 자, 모두들, 가자.

올버니   폐하, 제게는 책임이 없습니다. 폐하께서 왜 그처럼 화를 내시는지 모르겠습니다만.

리어 왕   그럴지도 모르지.

들어라, 자연[92]이여, 들어라! 자연의 여신이여, 들어다오!

만약 이것의 몸에서 자식을 낳게 할 의도가 있다면, 그것을 중지해다오!

이것의 배를 불모지로 만들어다오!

이것의 생식 기능을 말려버려서,

이 더러운 육체에서 부모의 명예가 될,

훌륭한 아이가 결코 태어나지 않도록 해다오! 아무래도 아이를 낳아야 한다면,

미움의 씨로 그 자식을 만들고,

---

91 건축의 이미지로 생각된다. 토대, 중심, 즉 코딜리어.

92 자연은 만물 창성(創成)의 근원적 이치로서 신격화되었다. 여신이다.

평생 극악한 패륜아가 되어 어미를 괴롭히게 해다오!
그 자식 때문에 이 젊은 이마에 주름살의 낙인이 찍히고,
흐르는 눈물은 두 뺨에 도랑을 파고,
어미로서의 모든 괴로움과 기쁨을
세상의 조소와 모멸로 바꾸어다오!
부모의 은혜를 모르는 자식을 두는 것은 독사의 이빨에
물리는 것보다 더 아프다는 것을 느끼게 해다오! 자, 가
자, 가자!

(퇴장)

올버니 아니 대체 어떻게 된 셈이오?

고너릴 그런 걸 알려고 애쓰지 마세요.

마음대로 성미를 부리게 내버려두세요. 망령이 들어서 그
런 거니까.

리어 다시 등장.

리어 왕 이 무슨 짓이람! 한꺼번에 내 종자가 50명이나 줄다니!

아직 반 달도 못 되어서!

올버니 무슨 일입니까, 폐하?

리어 왕 내, 이야기하지. (고너릴에게) 이 무슨 꼴이람!

정말 부끄럽다, 네가 내 마음을 이렇게까지 흔들어놓다니.
이 뜨거운 눈물을 너 때문에 흘려야 하다니!

독기를 뿜는 안개에 휘감겨버려라!

아비의 저주가 네 몸에 구멍을 뚫고 들어가,

모든 감각을 마비시켜버려라! 어리석은 늙어빠진 눈이여,

이런 일로 또다시 눈물을 흘린다면, 너를 후벼내어 던져

버리겠다.

눈물로 땅을 적셔라.

아, 이렇게까지 되어버렸단 말인가?

좋다. 하지만 내게는 딸이 또 하나 있다.

그 애는 친절하고 상냥하다.

네가 이렇게 했다는 것을 그 애가 들으면,

손톱으로 너의 이리 같은 얼굴 가죽을 온통 벗겨버릴 것

이다.

나는 처음과 같은 나 자신이 되어 보이겠다.

그런 것은 영구히 버렸다고 너는 생각할지 모르지만,

반드시 그렇게 해 보이겠다.

(리어, 켄트, 종자들 퇴장)

고너릴　아시겠지요?

올버니　당신을 깊이 사랑하고는 있지만 고너릴,

나는 그렇게 일방적으로 될 수는 없소 ─.

고너릴　제발, 그 이상 말씀 말아주세요. 오스왈드! 나 좀 봐요!

(광대에게) 넌 바보라기보다 악한이야, 주인을 따라가요.

광대 아저씨, 리어 아저씨, 좀 기다려요! 바보[93]를 데리고 가요!

여우[94]를 한 마리 잡았다면,

또 그런 딸을 잡았다면,

내 모자를 팔아서

목매는 밧줄을 살 수 있지.

그래서 바보는 따라간다네.

(퇴장)

고너릴 그분에겐 좋은 충고를 해드렸어요. 기사 1백 명!

완전 무장한 기사들을 1백 명씩이나 늘 대비시켜놓다니,

정말 현명하고 안전한 방식이에요! 그래서 꿈을 꿀 때마다,[95]

소문을 듣거나 공상, 불평, 불화한 일이 있을 때마다,

아버님은 자기의 망령을 무력으로 지키고,

우리의 생명을 위험하게 합니다. 오스왈드!

올버니 당신은 지나친 걱정을 하는 것 같은데.

고너릴 지나치게 신용하는 것보다는 안전합니다.[96]

---

93 두 가지 의미를 포함해서, 첫째, 바보(광대)를 데리고 가세요. 둘째, 당신의 대명사인 '바보'
를 두고 가면 안 돼요. 그리고 동시에 이러한 말은 헤어질 때에 흔히 쓰던 농담조의 인사
말이기도 했다.

94 바보의 즉흥시. 나가는 바보는 "여우", "그런 딸"인 고너릴에 대해 노골적인 울분을 터뜨
리고 있다. 하지만 사실은 "여우", "그런 딸"이 잡힌 것은 아니다.

95 당시 몽점(夢占)이 성행했다.《리처드 3세》1막 참조.

96 당시의 격언에 '근심은 신중의 일부'라는 말이 있다.

저는 항상 걱정하기보다는

그 걱정의 씨를 제거해버립니다. 아버님의 마음은 알고

있어요.

아버님이 말씀하신 것을 편지로 동생에게 알리겠어요.

내가 안 된다는데도, 그 애가 여전히

아버님과 기사 1백 명을 부양하겠다고 한다면 ―.

오스왈드 다시 등장.

아, 오스왈드!

동생에게 보낼 그 편지는 썼소?

오스왈드 네, 썼습니다.

고너릴 같이 갈 사람을 두서넛 데리고 말로 떠나오.

내가 특히 걱정하는 점을 동생에게 잘 전해야 하오.

그리고 그 뒷받침이 되는 일이라면,

당신 자신의 의견을 덧붙여도 상관없소.

자, 떠나오. 그리고 빨리 돌아오오.

(오스왈드 퇴장)

안 돼요. 당신의 나약한 친절심을 나쁘다고는 할 수 없지

만, 실례를 무릅쓰고 사실을 말씀드린다면,

위험하지만 관대하다고 칭찬하기보다는 오히려,

지혜가 없다고 비웃음을 살 것입니다.

올버니   당신의 선견지명이 얼마나 들어맞을지 나는 잘 모르겠

소만,

더 잘 하려다가 도리어 잘된 일을 망치는 수가 있으니까.

고너릴   아녜요, 그런 ―.

올버니   좋아, 좋아, 결과를 두고 봅시다.

(두 사람 퇴장)

5장
같은 저택의 안뜰

리어, 켄트와 광대 등장.

리어 왕 한 발 앞서 이 편지를 글로스터[97]의 콘월에게 전해다오.
편지 내용에 관한 질문 이외에는 내 딸에게 아무 말도 해
서는 안 된다. 우물쭈물하면 내가 먼저 닿게 될 거야.

켄트 이 편지를 전할 때까지는 잠도 자지 않을 각오입니다.

(퇴장)

광대 만약 사람의 두뇌가 발뒤꿈치에 붙어 있다면, 두뇌도 역
시 동상에 걸릴까?

리어 왕 그야 그렇겠지.

광대 그럼 제발 안심해요. 당신의 지혜는 발뒤꿈치에도 없으
니,[98] 동상에 걸려 슬리퍼를 신을 필요가 없을 테니까.

리어 왕 하, 하, 하!

---

97 명료하지 않지만, 도시나 마을 이름으로 해석해야 할 듯.

98 둘째 딸한테 가다니, 당신은 머리에는 물론 발뒤꿈치에도 두뇌가 없소!

광대　당신의 다른 딸은 당신의 딸답게 대접해줄 거요.[99] 그 딸은 야생사과[100]가 보통 사과와 똑같듯이, 외양은 이 딸[101]과 흡사하니까. 하긴 내가 알고 있는 것도 알고 있는 것뿐이지만.

리어 왕　알고 있어? 네가 무엇을 알고 있단 말이냐?

광대　야생사과는 어느 것이나 맛이 같듯이, 그 딸도 이 딸과 맛이 같으리라는 걸 말이야. 왜 사람의 코가 얼굴 한가운데 있는지 알아?

리어 왕　모르겠는걸.

광대　그야 코 양쪽에 눈을 붙여두기 위해서지. 냄새를 맡아서 알아내지 못하는 것은 눈으로 보라고 말이야.

리어 왕　그 애한테는 내가 잘못했어.[102]

광대　굴이 어떻게 껍데기를 만드는지 알아?

리어 왕　모르겠는걸.

광대　실은 나도 모르지. 하지만 달팽이가 집을 짓는 까닭은 알고 있어.

리어 왕　왜 그래?

광대　왜라니, 제 머리를 넣기 위해서지. 딸들에게 집을 줘버리

---

99 친절히 해준다는 말인가, 아니면 그 반대인가, 어느 쪽으로나 들을 수 있는 표현!

100 신맛으로 유명.

101 고너릴.

102 코딜리어를 생각하며 우울해지는 리어. 다음 행 이하에서, 리어의 그 기분을 열심히 부채질하는 광대.

고, 제 뿔[103] 감출 곳을 잃어버리기 위해서가 아니란 말이
야.

리어 왕 나는 아비로서의 본래의 애정이라는 걸 잊고 싶다.[104] 그
렇게도 정다운 아비였는데! 말은 준비되었나?

광대 당신의 당나귀들이 준비하고 있소. '일곱 개의 별'이 일곱
개라는 데에는 재미있는 까닭이 있지.

리어 왕 그것은 여덟 개가 아니기 때문이겠지?

광대 바로 그래. 당신도 훌륭한 바보가 될 수 있어.[105]

리어 왕 강제로라도 빼앗아버릴까![106] 배은망덕한 놈!

광대 아저씨, 당신이 내 광대바보라면, 나는 당신을 때려주었
을 거야. 늙을 때도 아닌데 늙어버렸다고 말이야.

리어 왕 그건 또 왜 그래?

광대 지혜로워지기 전에는 늙어선 안 돼.

리어 왕 오, 하늘이여, 나를 미치광이로, 미치광이로 만들지 말아
다오![107]

제발 제정신을 가지고 있게 해다오.

---

103 달팽이의 뿔과 결혼한 남자의 머리에 대개 생겨나는 뿔.《오셀로》2막 3장, 3막 3장 등
참조.

104 코딜리어의 아비였다는 걸 잊고 싶다.

105 광대는 이 말을 하고 싶었던 것이다.

106 왕권(王權)을. 또 이 행은 '(고너릴이) 강제로 빼앗다니(자기에게 준 기사 1백 명을)!'라고도
해석할 수 있다.

107 리어가 별안간 이렇게 기도하기 시작한 것은 앞에서 광대가 말한 "지혜(wise)"에 '제정신
(올바른 정신)'이라는 뜻도 있기 때문.

미치광이는 되고 싶지 않아!

신사 등장.

　　　신사　준비되었습니다. 폐하.

리어 왕　자, 가자.

　　　광대　내가[108] 물러가는 걸 웃는 아가씨들,

　　　　　　언제까지나 처녀로만은 못 있을걸. 남자의 그 물건을 잘

　　　　　　라버리기 전에는.

(모두 퇴장)

---

108 퇴장하면서 광대가 관중을 향해 말한다. 음탕한 노래지만, '여러분, 웃으며 즐기고 있는
데, 리어의 비극은 이제부터 시작되는 것입니다'라는 뜻. 이 2행은 셰익스피어가 쓴 것이
아니라고 생각하는 학자도 있다. 또 광대역을 맡은 배우가 천한 동작으로 즉흥적으로
말한 대사가 텍스트에 남은 것이라고 생각하는 이도 있다.

2막

1장
글로스터 백작의 저택

에드먼드와 큐런이 무대 좌우에서 등장. 서로 만난다.

에드먼드   아, 큐런, 안녕하세요.

큐런   안녕하십니까. 지금 당신의 아버님을 뵙고, 콘월 공작과 리건 공작부인께서 오늘 밤에 함께 여기 오신다는 걸 알려드리고 오는 길입니다.

에드먼드   어째서 그렇게 되었죠?

큐런   나도 모릅니다. 하지만 세상 소문은 들으셨겠지요? 소문 이래야 아직 귀에 대고 수군대는 화제에 불과합니다만.

에드먼드   모르겠는데, 대체 무슨 이야기요?

큐런   콘월 공작과 올버니 공작 사이에 전쟁이 일어나리라는 소문을 못 들으셨습니까?

에드먼드   전혀 못 들었소.

큐런   하지만 차차 듣게 될 것입니다. 그럼 안녕히 계십시오, 실례합니다.

에드먼드 공작이 오늘 밤 이곳에? 그건 잘됐다. 썩 잘됐어!

저쪽에서 내 계략을 도와주는 셈이다.

아버님은 형님을 체포하라는 지령을 내리셨지,

그리고 내게도 신중히 대처해야 할 일이 있다.

그것을 꼭 실행해야지. 제발 행운이 내게 돌아오길!

형님, 잠깐 내려오세요, 형님!

에드거 등장.

아버님이 파수병을 세워놓고 계십니다. 자, 형님 여기서

달아나주세요.

형님의 은신처가 탄로나버렸어요.

이 어둠을 이용하세요.

형님은 콘월 공작에 대해서 나쁘게 말씀하신 적은 없으세

요? 공작께서 이곳에 오십니다, 밤중인데도 서둘러서.

그리고 리건 공작부인께서도 같이 오십니다. 형님은 그분

들의 편을 들어서,

올버니 공작을 나쁘게 말한 적이 없으세요?

잘 생각해보세요.

에드거 절대로 그런 말은 한 적이 없다, 한마디도.

에드먼드 아버님이 오시는 모양입니다.

자, 형님 여기서 달아나주세요.
형님의 은신처가 탄로나버렸어요.
이 어둠을 이용하세요.
— 2막 1장

용서하세요, 계략상 부득이합니다, 형님에게 칼을 뽑아야
합니다.

형님도 칼을 뽑아 방어하는 체하세요. 자, 요령껏 달아나
세요.

칼을 버려라! 아버님 앞으로 나와라! 불을 가져와라, 여
기, 여기다![1]

형님, 달아나세요![2] 횃불을! 횃불을 가져와![3] 그럼 안녕히
가세요.[4]

(에드거 퇴장)

내가 피를 흘리고 있으면, 필사적으로 싸웠다고

(한쪽 팔에 스스로 상처를 낸다)

모두들 생각해주겠지.

주정쟁이들은 장난으로,[5] 이보다 더한 짓을 하던데.

아버님![6] 아버님! 여기야, 여깁니다! 아무도 없소!

글로스터와 횃불을 든 하인들 등장.

---

1 큰 소리로.
2 작은 소리로.
3 큰 소리로.
4 작은 소리로.
5 난봉꾼들이 술에 취해서, 제 피를 술에 섞어 건배하여 연인에게 그 의기를 보였다. 또 그
  피로 편지를 쓰기도 했다.
6 큰 소리로.

글로스터 아, 에드먼드, 악한은 어디 있니?

에드먼드 여기, 이 캄캄한 어둠 속에 버티고 서서,

날카로운 칼을 들이대고, 흉측스런 주문을 중얼대면서,

달의 여신에게 수호신이 되어달라고 빌고 있었습니다.[7]

글로스터 그런데 지금 어디 있어?

에드먼드 이것 보세요,[8] 아버님, 부상을 입었습니다.

글로스터 악한은 어디 있니, 에드먼드야?

에드먼드 이쪽으로[9] 달아났습니다. 끝까지 제가 —.

글로스터 그놈을 쫓아라, 쫓아!

(종자들 퇴장)

끝까지 어쨌어?

에드먼드 아버님을 암살하려는 것에 제가 동의하지 않았기 때문입

니다.

하지만 저는 이렇게 말해주었습니다.

복수의 신들은, 아버지를 죽인 놈에 대해 벼락[10]을 쳐서

벌할 것이라고.

그리고 부자간의 핏줄은 여러 겹으로 굳게

서로 맺어져 있다고 설명했어요. 요컨대

---

7 에드먼드는 아버지 글로스터가 이러한 미신에 약한 점을 알고, 그에 맞추어 이야기를 꾸미고 있다. 1막 2장 참조.

8 이렇게 해서 에드거가 충분히 달아날 수 있도록 시간을 벌고 있다.

9 일부러 반대 방향을 가리키면서!

10 그리스 신화의 주신(主神) 제우스의 주요 무기는 벼락이었다.

형님은 제가 그 무도한 계획에 절대 반대임을 알자,

별안간 혼신의 힘을 다해,

미리 준비했던 칼로, 맨주먹인 제 몸을 향해 공격해와서,

이처럼 제 팔에 깊은 상처를 입혔습니다.

그리고 형님은, 마치 진군나팔에 고무된 듯한 저의 사기,

정의는 내게 있다는 늠름한 저의 용기, 단호한 저의 대결

자세를 보고,

또는 제가 지른 소리에 놀란 때문인지,

당황하여 정신없이 달아났습니다.

글로스터 아무리 멀리 달아난들,

이 나라 안에 있는 이상, 그놈을 꼭 잡고 말겠다.

그리고 잡히기만 하면 —사형이다. 나의 주인이신 공작

각하께서,

나의 영예로운 최고 은인이신 영주님께서 오늘 밤 여기에

오신다.

공작의 이름으로 나는 다음과 같이 포고하겠다.

즉 그 잔인한 비겁한을 잡아 형장에 끌고 오는 자에게는

내가 감사와 포상을 내릴 것이고,

그놈을 숨기는 놈은 사형에 처한다고.

에드먼드 형님의 그런 생각을 중지시키려고 제가 설득했습니다만,

형님의 결심이 아주 굳은 것을 알았기 때문에, 저는 맹렬

히 비난하면서

형님의 본심을 폭로하겠다고 위협했습니다. 그랬더니 형님의 대답은 이러했습니다.

"재산도 상속받지 못할 첩의 자식 주제에! 혹 너는

내가 만약 너와 대결하게 되더라도,

아버지가 너를 약간이나마 믿고, 약간의 덕이나 가치가 있으면,

세상 사람들이 네 말을 믿어주기라도 할 줄 아느냐? 천만에!

내가 반대 증언을 하면 ― 물론 나는 그렇게 하겠지만 ―

비록 네가 나의 진짜 필적을 증거로 내놓는다 하더라도,

그것을 나는 네 교사(敎唆), 음모, 책략으로 돌릴 수가 있어,

내가 죽으면 네가 득을 본다는 생각이

내 목숨을 노리는 너의 명백하고도 유력한 동기라고

세상 사람들이 여기지 않으리라고 네가 생각한다면,

세상은 그것을 우롱하는 짓이야."

글로스터 오, 인도를 벗어난, 기괴하기 이를 데 없는 악한!

그놈은 이 편지가 자필이 아니라고 했단 말이지? 그놈은 내 자식이 아니다.

(무대 안에서 터케트조(調)[11]의 나팔 소리)

아, 공작 각하의 나팔 소리다. 왜 오시는지 모르겠다.

아무튼 항구를 전부 폐쇄시켜버리자. 그 악한을 놓치지

---

11 행진곡 같은 나팔의 멜로디.

않을 테다.

공작 각하도 틀림없이 승인해주실 게다.

또 그놈의 초상화를 원근 각처에 수배해두자.

온 나라 사람들이 그놈을 알아볼 수 있도록.

그리고 내 영지는 자연 그대로[12]의, 효도를 하는 네 것이

되도록 해놓겠다.

콘월, 리건, 종자들 등장.

콘월 아, 안녕하시오! 나는 지금 막 오는 참인데,

여기서 괴상한 소문을 들었소.

리건 만약 그게 사실이라면, 그 죄인에게

아무리 엄한 벌을 내려도 부족합니다. 어떠세요, 백작님?

글로스터 오! 부인, 이 늙은이의 가슴이 터질 것 같습니다, 터질 것

같아요!

리건 아니, 그래 우리 아버님이 이름을 지어주신[13] 그 아들이

당신의 목숨을 노렸단 말입니까?

우리 아버님한테서 이름을 지어 받은, 당신의 그 에드거가?

글로스터 오! 부인, 부인. 창피해서 말도 못 할 지경입니다.

---

12 원어 "natural"에는 '자연의 법칙, 인도에 따른', 즉 '부모와 자식 간의 깊은 애정', '효도하
는'과 '자연으로 태어난', 즉 '사생아'라는 두 가지 뜻이 포함될 수 있다.

13 이리하여 리건은 교묘히 '죄인' 에드거와 아버지 리어 왕을 결부시키고 있다.

리건　　그는 우리 아버님을 따라 다니던 그 난폭한[14] 기사들과
　　　　한패가[15] 아니었던가요?

글로스터　그건 모르겠습니다, 아무튼 너무 악독합니다, 너무 악독
　　　　해요.

에드먼드　네, 부인. 형님은 그 사람들과 친했습니다.

리건　　그렇다면 이상한 것도 없습니다. 틀림없이 그들에게서 감
　　　　화를 받은 거예요.

　　　　노인을 죽여 그 재산을 마음대로 쓰려고

　　　　그놈들이 에드거를 충동질한 게 뻔합니다.

　　　　실은 오늘 밤에도 방금, 언니한테서 편지를 받았는데,

　　　　그들에 대한 이야기가 여러 가지 씌어 있었습니다.

　　　　만약 그들이 저희 집에 묵으러 오거든, 저는 집에 있지 않
　　　　는 편이 좋을 것이라고,

　　　　당부하는 말을 전해 왔더군요.

콘월　　나도 집에 있지 말아야지, 리건.

　　　　에드먼드야, 너는 아버님을 위해 효성의 일막을
　　　　보여드렸다더구나.

에드먼드　자식으로서의 의무를 다했을 뿐입니다.

글로스터　이 애가 그놈의 음모를 폭로해주었습니다.

　　　　보십시오, 이렇게 그놈을 잡으려다가 상처를 입었습니다.

---

14 더욱 명백히 말하고 있다.

15 생각하는 글로스터.

콘월	추격하고 있소?
글로스터	네, 공작 각하.
콘월	그놈이 잡히면 다시는 위해를 가할 걱정이 없도록 해주겠소.
	무슨 방법으로든 체포하기 바라오.
	그러기 위해선 내 이름을 사용해도 상관없소.
	에드먼드야, 너에 대해서는, 이번 너의 유덕하고 온순한 행위가 내 맘을 감동시켰으므로,
	너를 지금 곧 내 부하로 삼겠다.
	이러한 신뢰할 수 있는 인물이 필요한 것이다.
	너를 그 첫 번째로 채용한다.
에드먼드	부족한 점이 많사오나 진심으로 충성을 다하겠습니다.
글로스터	이 애를 대신하여 감사드립니다, 공작 각하.
콘월	우리가 왜 이렇게 찾아왔는지, 백작은 모르겠지만―.
리건	이렇게[16] 뜻하지 않은 때에, 어두운 밤눈[17]에 바늘 귀 꿰듯 밤길을 타서 온 것은,
	긴급한 사태가 생겨서 그런 것인데,
	여기 대해서 백작님의 조언을 꼭 들어야 하겠습니다.
	아버님과 언니 두 분께서 편지를 보내시고,
	두 분 다 서로 불화하게 된 사연을 적어 오셨는데, 그에

---

16 리건은 남편 콘월의 말을 가로채버린다. 이 집의 보스가 누군지 잘 알 수 있을 듯하다.

17 (밤이 가지고 있다고 생각된) '검은 눈'과 (실을 꿰기 어려운) '바늘 귀' 양쪽을 연결.

대한 회답은,

우리 집을 떠나서 하는 것이 제일 좋으리라고 생각했어요.

두 분에게 각각 보낼 사자는,

여기서 날 듯이 대기하고 있습니다.

자제분의 불행한 일을

너무 상심 마시고, 우리의 이 사태에 대해서

필요한 조언을 해주시기 바랍니다.

지금 곧, 이 자리에서요.

글로스터 잘 알겠습니다, 부인. 두 분께서는 참 잘 오셨습니다.

(팡파르, 모두 퇴장)

2장
글로스터 백작 저택 앞

켄트와 오스왈드, 좌우에서 등장.[18]

오스왈드 잘 잤소? 당신은 이 집 사람이오?

켄트 그렇소.

오스왈드 말을 어디다 맬까?

켄트 수채에 매지.

오스왈드 제발, 내가 싫지 않거든 가르쳐줘요.

켄트 나는 너를 좋아하지 않아.

오스왈드 그러면 당신 따위는 상대하지 않겠다.

켄트 너를 궁지에 몰아넣어 상대하지 않을 수 없게 만들걸.

오스왈드 왜 이런 취급을 하는 거야. 나는 당신을 알지도 못하는데.

켄트 나는 널 알고 있어.

오스왈드 나를 무엇으로 알아?

---

18 아직 어둡다. 이 장면이 끝날 때에도 아직 해가 뜨지 않고 있다.

켄트 악한이고, 비겁자이며, 부엌에서 음식 찌꺼기나 얻어먹는
놈이지.[19] 야비하고, 거만하고, 천박하고 거지 근성을 가
진, 1년에 세 번밖에는 옷을 못 갈아입고,[20] 연 수입 1백 파
운드가 자랑인 벼락 신사 놈이고,[21] 더러운 털양말[22]밖에
못 신는 악한이야. 겁쟁이고, 재판에만 의지하는 허약해
빠진 놈. 첩의 자식, 노상 거울을 들여다보며 모양이나 내
는 놈, 주제넘고, 쓸데없이 겉치장에 까다로운 놈. 재산이
라곤 가방 하나뿐인 거지 종놈. 일이라면 기꺼이 뚜쟁이
짓이라도 하려고 덤빌 놈. 요컨대 너는 악한과 거지와 겁
쟁이와 뚜쟁이를 섞어놓은 잡탕 이외의 아무것도 아니고,
게다가 잡종 암캐의 맏아들 놈이며 또 그걸 상속받은[23]
놈이지, 내가 지금까지 주워섬긴 여러 가지 네 이름 중에
서 한 자라도 부인해봐라. 울고불고 깽깽거릴 때까지 두
들겨줄 테다.

오스왈드 별 지독한 놈 다 보겠네. 네가 알지도 못하고, 또 너를 알
지도 못하는 사람한테 이렇게 욕지거리를 퍼붓다니!

켄트 이 철면피 같은 놈아. 나를 모른다고! 바로 이틀 전 일이
아니냐, 내가 폐하 앞에서 네놈의 발을 걸어차고 두들겨준

---

19 켄트의 욕지거리는 부엌 하인에서 집사가 된 오스왈드의 경력을 더듬는 듯.

20 하인들은 옷을 1년에 세 번 얻어 입었다.

21 제임스 1세가 기사 등 귀족들을 너무 많이 만들어낸 것을 말한다고 여겨진다.

22 당시 신사들은 비단 양말을 신었다.

23 어미인 잡종 개의 성질을 전부 상속받았다!

것은? 자, 칼을 빼라, 이 얼간아! 아직 밤이지만 달이 밝다. 달빛 속에 네놈의 살을 저며 멋진 요리를 만들어주겠다.

(칼을 빼다)

이 아양이나 떠는 건달 놈아, 칼을 빼!

오스왈드 비켜! 너 따위와는 상대하지 않아.

켄트 칼을 빼, 이 악한아! 너는 왕에게 불리한 편지를 가지고 왔어. 인형극[24]으로 말하자면, 아버지인 왕[25]에게 거역하는 '허영',[26] 부인의 편을 들려는 것이다. 칼을 빼! 이 악한아! 안 빼면 네 정강이를 두 동강이를 내버리겠다. 이놈아, 자, 덤벼!

오스왈드 사람 살려! 사람 죽인다! 사람 살려!

켄트 자, 덤벼라! 이 거지 종놈! 덤벼, 악한아! 이 멋만 부리는 종놈아, 덤벼라!

(그를 때린다)

오스왈드 사람 살려! 사람 죽인다! 사람 죽인다!

에드먼드, 가느다란 칼을 빼들고 등장.

에드먼드 어떻게 된 일이야! 중지하라!

---

24 영국의 중세 시대 연극의 한 장르. '허영'이나 '부정', '크리스천' 등의 추상 개념을 의인화하여, 인간의 영혼의 갈등을 그렸다. 흔히 인형극으로 상연되었다.

25 여기서는 물론 리어 왕을 가리킨다.

26 고너릴을 가리킴.

켄트 젊은 애, 너냐. 네 소원이라면 상대해주마. 피를 보여줄 테니, 덤벼라. 젊은 애야.

콘월, 리건, 글로스터와 하인들 등장.

글로스터 뭣 때문에 칼질들이야! 여기서 대체 무슨 일이 일어났지?

콘월 목숨이 아깝거든 조용해라! 또 대드는 놈은 사형이다! 어찌 된 일이냐?

리건 언니와 국왕에게서 온 사자들입니다.

콘월 왜 싸웠나? 말해봐.

오스왈드 숨이 차서 각하, 말할 수가 없습니다.

켄트 그럴 테지, 없는 용기를 잔뜩 쥐어짰으니 말이야. 이 겁쟁이 악한 놈아. 너 따위는 자연의 여신도 "내가 만들지 않았다"고 하실 거야. 서투른 양복 짓는 친구가 만들었겠지.[27]

콘월 이상한 소리를 다 하는구나, 양복 짓는 친구가 사람을 만들어?

켄트 네, 양복 짓는 친구가 만들지요. 석공(石工)이나 화공(畵工) 같으면, 그 방면에 2년 쯤 종사한 애송이라도 이런 조제품은 만들지 않을 테니까요.

콘월 그런데 왜 싸움을 하게 됐나?

---

27 격언에 '양복 짓는 자가 만든 사람'이라는 말이 있다. 모양내는 오스왈드를 풍자한 말.

오스왈드 이 늙은 건달의 흰 수염이 불쌍해서 목숨만은 살려주었습니다만 ─.

켄트 뭐라고, 이 후레자식, 알파벳의 끝 글자[28] 같은 쓸모없는 놈아! 공작, 만약 허용해주신다면 이 덜 부서진 악한을 충분히 짓밟아 뭉개어 모르타르를 만들어서 변소의 벽에라도 처바르겠습니다. 흰 수염이 불쌍해 살려주었다고? 이 꼬리 치는 할미새[29] 같은 놈아!

콘월 닥쳐! 이 짐승만도 못한 놈! 예의도 모르느냐?

켄트 알고 있습니다. 하지만 화가 나면 다릅니다.

콘월 왜 화가 났나?

켄트 이런 노예 같은 놈이 칼을 차고 있으니까요. 성실성이라곤 약에 쓰려 해도 없는 주제에. 이렇게 겉으로 생글거리는 악한들이 곧잘,

쥐새끼처럼, 쉬 풀 수 없게 단단히 매어진 성스런 사람의 핏줄을

물어뜯어 두 갈래로 끊습니다.

주인의 마음속에 미쳐 날뛰는 정열을 부드럽게 쓰다듬어 줍니다.

---

28 Z는 많이 쓰는 음성이지만, S로 고쳐 쓰이기 때문에 별로 눈에 띄지 않는 글자. 당시의 사서(辭書)에서는 Z가 흔히 생략되어 있었다.

29 할미새는 쉴 새 없이 꼬리를 위아래로 흔든다. 그처럼 켄트에게 혼이 난 오스왈드는 마음이 가라앉지 않는 것이다. 또는 콘월에게 굽실굽실 머리를 끝까지 숙이기만 하는 오스왈드를 말한 것이라고 여기기도 한다.

불에는 기름을 붓고, 차가운 마음에는 눈을 얹어주고,

아니라고 했다가 그렇다고 하고, 바람이 불 적마다, 주인

이 변할 적마다,

매달린 물총새 부리[30] 모양으로, 빙빙 방향을 돌립니다.

까닭도 모르고, 개 모양으로 그저 주인 궁둥이를 따라다

니는 것밖에는 모릅니다.

그런 발작을 일으킨 듯한 낯짝을 하고,[31] 페스트에 걸려

죽어버려라!

내 말을 듣고 웃었지, 마치 내가 바보인 것같이?

이 거위 같은 놈아! 내가 세럼[32] 들판에서 네놈을 만나면,

깩깩거리며 우는 네놈을 카멜롯의 집까지 몰아넣을 테다.

콘월 이 늙은 놈아, 넌 미치광이냐?

글로스터 왜 싸우게 됐는지, 그걸 말해.

켄트 아무리 원수지간이라 해도, 저와 이 악한만큼,

동정심이 일지 않고, 전혀 마음이 맞지 않는 것도 드물 것

입니다.

---

30 물총새의 시체를 매달아두면, 바람 부는 쪽으로 부리를 돌린다고 생각되었다.

31 오스왈드는 새파랗게 질린 얼굴로 속은 떨고 있지만, 겉으로는 태연한 체한다. 그 억지로 가장한 얼굴 표정을 켄트가 꼬집는다.

32 의미는 명확하지 않다. 세럼은 솔즈버리에 있고, 거위가 많은 곳. 카멜롯은 《아서 왕 이야기》의 주인공인 아서 왕의 성이 있던 곳으로(일설로는 지금의 윈체스터라고도 함), 여기도 거위가 많은 곳이었다. '윈체스터의 거위'란 당시 그 근처에 유행하던 매독의 종기를 말하는 것이었다고도 한다! 또 일설에 의하면 카멜롯은 콘월의 카멜포드를 말하는 것으로, 셰익스피어는 거기에 공작의 성(城)을 상정(想定)하고 있던 것이 아닌가 하고 생각하는 이도 있다. 그렇다면 솔즈버리에서는 상당히 떨어진 거리다.

콘월 너는 어째서 저 사람을 악한이라고 하나? 저 사람이 무얼
잘못했단 말이야?

켄트 그놈의 낯짝이 마음에 안 들어요.

콘월 그럼 아마 내 얼굴이나, 저[33] 얼굴이나, 저 여자[34]의 얼굴
도 네 마음에 안 들겠지.

켄트 솔직히 말씀드리는 게 제 역할이기 때문에
정직하게 말씀드립니다. 옛날엔 좀 더 좋은 얼굴을 보아
왔습니다.
지금 제 눈앞에 서 있는 동체(胴體)에 달린
어느 얼굴보다도.

콘월 이놈은 확실히 괴팍스런 놈인데.
솔직하다고 칭찬을 받으니까, 일부러 무례하고 난폭한 짓
을 할 뿐 아니라,
본성과는 맞지 않는 태도를 억지로 가장하는 놈이야.[35]
"나는 아첨할 줄 모릅니다. 정직하고 솔직한 사람이기 때
문에 거짓말할 줄 모릅니다!" 이러는 거야.
세상 사람들이 그대로 그것을 받아주면 좋고, 설혹 받아
주지 않는데도 정직자임에는 틀림이 없단 말이야.
이런 종류의 악한들을 나는 잘 아는데, 이런 솔직함 속에는

---

33 글로스터를 바라보며.

34 리건 쪽을 바라보며.

35 그것이 켄트의 책략이라는 게 콘월의 의견.

교활함과 더러운 목적이 숨어 있는 법이지.

그에 비하면 굽실굽실 머리를 숙여가며 안색을 살피고,

제 맡은 바 임무를 다하기에만 급급한 정신(廷臣)들 편이

훨씬 낫다.

켄트 공작 각하, 본심에서 우러나오는 정성을 다하여 각하의

허락을 간청하옵니다.

각하의 위광(威光)은 찬연히 빛나는 태양신의 이마를 둘러

싼 후광(後光) 같사옵고 ―.

콘월 그건 또 무슨 속셈으로 하는 소리냐!

켄트 제 말 버릇이 마음에 안 드시는 것 같아,

말투를 바꿔보려고 그런 것입니다.

확실히 저는 아첨할 줄을 모릅니다.

솔직을 가장하여 각하를 속인 놈이야말로 명명백백한 악

한입니다.

저로서는 결코 그런 자가 되고 싶지 않습니다.

하긴[36] 화나신 공작님으로 하여금 제게 그런 자가 되라고

말씀하시도록 할 수는 없겠지요만.

콘월 너는 이자한테 무엇을 잘못했지?

오스왈드 저는 아무 잘못도 없습니다.

이놈이 모시고 있는 폐하께서, 최근 무엇을 오해하시고,

---

36 원문이 난해하여 여러 가지로 해석되는 곳.

저를 때리신 적이 있습니다.

그때 이놈이 폐하 편을 들어, 폐하의 노기에 비위를 맞추느라고,

뒤에서 제 발을 찼습니다.

제가 넘어지자 이놈은 저를 모욕하고 욕하고는 의기양양해서

영웅이나 된 듯이 몹시 뽐내면서

용감한 태도를 보이고, 폐하의 칭찬을 받았습니다.

실은 제가 참고 일부러 져주었을 뿐입니다만.

그러고는 이 엉뚱한 공로에 맛을 들여서,

여기서 또다시 칼을 빼가지고 제게 달려든 것입니다.

켄트 에이잭스[37] 수령인들 이런 겁쟁이 건달 같은 놈에 걸리면 바보나 다름없지!

콘월 차꼬를 가져오너라!

이 완고한 늙은이! 거짓말쟁이 영감놈!

버릇을 좀 가르쳐주겠다.

켄트 너무 늙어서 배울 수가 없으니,

저 때문이라면 차꼬를 가져오지 마십시오. 저는 폐하를 모시는 사람입니다.

---

37 셰익스피어의 《트로일러스와 크레시더》에 있듯이, 그리스군의 수령 에이잭스는 기운은 세웠지만 머리가 나빴다. 그것을 그리스군의 대장들이 비웃었다. 여기서는 오스왈드 편의 수령이라면 콘월이 된다! 더구나 에이잭스는 'a jakes'(변소)와 동음이었다. 콘월의 노기는 쉽게 상상할 수 있다.

폐하의 명령으로 여기 온 것입니다.

폐하의 사자를 차꼬에 채우신다면,

저의 주인이신 폐하의 위엄과 인격에 대해서

너무도 명백한 적의를 나타내시는 결과가 될 것입니다.

콘월 차꼬를 가져와!

누가 뭐라고 하던, 정오까지 거기 채워두겠다.

리건 정오까지라고요! 밤까지 채워둬야 해요. 밤새도록 쭉 재

워둬야 해요.

켄트 부인, 비록 제가 아버님의 개라 하더라도,

그런 대우는 못 하실 것입니다.

리건 아니, 하인이니까 그러는 거야.

콘월 이놈은 당신 언니의 편지에 적혀 있던 것과 똑같은 종류

의 악한이오.

자, 차꼬를 가져와.

(차꼬가 운반된다)

글로스터 각하, 제발 그것만은 중지해주십시오.

확실히 이놈이 나쁩니다. 하지만 그에 대해서는 그 주인

이신 국왕께서

호되게 책하실 것입니다. 각하, 이런 종류의 징벌은,

가장 비천하고 경멸할 만한 악한이, 좀도둑질이나 그 밖의

아주 흔해빠진 경범죄를 범했을 때에 적용되는,

그런 종류의 것입니다. 틀림없이 폐하께서는 노하실 것입

차꼬를 가져와!
누가 뭐라고 하던, 정오까지 거기 채워두겠다.
        – 2막 2장

니다. 폐하의 사자에게 차꼬를 채웠다면,

폐하 자신을 무시했기 때문이라고 생각하실 것입니다.

콘월 내가 책임을 지겠소.

리건 아버님보다도 언니가 훨씬 더 기분이 상하실 것입니다.

일을 보러 온 부하가 도중에서 모욕을 당하고,

습격을 당했다고 하면. 그자의 다리를 차꼬에 채워요!

(켄트, 차꼬에 채워진다)

자, 가십시다.

(글로스터와 켄트를 남기고 모두 퇴장)

글로스터 안됐소. 하지만 공작의 명령이오.

그분의 기질은 세상 사람들이 다 잘 알다시피, 한번 무슨

일을 결정하면,

누가 간섭할 수도, 막을 수도 없소. 당신을 위해서 내가

부탁을 해보겠소.

켄트 괜찮습니다. 그만두십시오. 밤을 새워 무리하게 길을 걸

었으니,

한숨 자고 나서, 휘파람이라도 불고 있지요.

선량한 사람도 운이 기우는 수가 있습니다.

좋은 아침을 맞으시길!

글로스터 이것은 공작님의 잘못이야. 폐하께서 노하실 거야.

(퇴장)

켄트 폐하, 당신께서도 '하늘의 축복을 잃고 염천(炎天)에 끌려

나온다'[38]는,

그 흔해빠진 속담이 진실이라는 걸,

인정하시지 않으면 안 될 것입니다.

이 하계(下界)를 비추는 천상(天上)의 횃불이여, 좀 더 가까

이 오너라.

위안을 주는 네 빛의 도움으로

이 편지를 읽을 수 있도록!

역경과 비운이 닥치지 않으면

기적은 바랄 수 없는 것.[39] 이 편지는 코딜리어 공주한테

서 온 것이다.

변장하고 있는 나의 동향을, 고맙게도

알고 계신다. 그래서 기회를 보아,

이 곤경에서[40] ─ 손실에는 구제의 방법을 강구하시려는

것이다.

몹시 피로하고 졸음이 온다.

마침 잘 되었으니, 두 눈이여, 보려고 하지 마라.

---

38 '신이 축복하는 장소(교회)에서 해가 비치는 장소(속세)'로, 또는 '신이 축복하는 장소(시원
한 그늘)에서 해가 비치는 장소(뙤약볕)로'라는 의미의 당시의 격언적인 표현. 모든 환경의
악화(惡化)를 말한 것. 리건의 태도를 보고 켄트는 재빨리 이렇게 걱정하는 것이다.

39 차꼬에 채워져 이렇게 체념하는 켄트의 모습에 대해서는, 중세의 도덕극(道德劇) 등에 그
원형이 보인다.

40 이 근처는 문맥이 고르지 않다. 코딜리어의 편지를 읽고 있다는 설정일까, 주위가 충분히
밝지 않다는 설정일까, 아니면 켄트가 너무 피로하여 제대로 읽지 못한다는 설정일까, 또
는 켄트가 졸리다는 설정일까.

이 부끄러운 여숙(旅宿)의 모양을

운명의 여신이여, 잘 자거라. 한 번 더 웃음 지어다오, 네

바퀴[41]를 돌려서 말이야.

(잠든다)

---

41 운명의 여신은 '운명의 수레바퀴'를 돌리고 있다고 생각되었다. 그 바퀴 위에 있으면 행운이고, 거기에서 떨어지면 역경이었다.

3장
같은 장소[42]

에드거 등장.

에드거　내 체포장이 발부되었다 한다.

다행히 나무의 구멍 속에 숨어 추적을 면했다.

항구란 항구는 모두 폐쇄되고, 어디에나 파수가

최고의 경계 태세를 펴고 나를 잡으려고 눈을 번쩍이고

있다.

도망할 수 있을 때까지는 어떻게 해서든 살아남아야겠다.

그래서 사람을 타락시키기 위해서,

지금까지 빈곤이 사람으로 하여금 짐승과 다름없는 상태

---

42 4절판에는 여기에 장(scene)의 구별이 없다. 처음 연출에서는, 앞 장의 끝에서 켄트가 잠들
자, 거기에 에드거가 등장하여 이하의 대사를 지껄였던 모양. 최근 판에서는 체포장이 발
부된 에드거가 아버지의 성 앞에 나타나 변장 운운하는 말을 늘어놓는 것은 이상하다는
이유로, 장소를 '숲', '들판' 등이라고 한 것도 있지만 불필요할 듯. 엘리자베스 시대의 무
대에서는 차꼬에 채워진 켄트를 움직인다는 것은 불가능한 일이다. 그대로 두고(현대 같으
면 라이트를 끄면 된다) 에드거 등장. 그리하여 장소는 상상의 불특정 장소가 되는 것이 제
일 좋다. '같은 장소'도 필요 없을 것이다.

에 이르게 한,

더없이 비천하고 참혹한 모습으로 변장해야겠다고 나는 결심했다.

얼굴에는 진흙 칠을 하고,

허리에는 모포만을 감고,

머리털은 요정의 머리[43] 모양 뒤엉키게 하고,

또 대담하게 알몸뚱이를 드러내어,

하늘의 추적자인 비바람과 온갖 어려움을 견뎌보자.

이 지방에는 좋은 게 있다, 좋은 선례(先例)가 있다. 그 미치광이 병원의 베드럼의 거지들이라는 본보기.

신음 소리를 내며, 추워서 무감각하게 마비된 맨살 팔뚝에다,

바늘, 나무꼬챙이, 못, 미질향(迷迭香) 나뭇가지 등을 꽂고,

그런 무서운 모양을 만들어가지고는,

가난한 농가나, 작은 촌락, 외딴 양의 막사나 방앗간에서,

때로는 미치광이처럼 저주의 말을 퍼붓고, 때로는 기도를 외면서

동냥을 강요한다. 가엾은 털리굿[44] 올시다! 가엾은 톰 올시다!

---

43 손질하지 않고 뒤엉킨 머리를 '요정의 머리'라 했다.

44 베드럼의 거지들이 자신을 그렇게 부른 모양이지만, 털리굿이라는 이름에 대해서는 아무것도 알려져 있지 않다.

그래도 살아갈 수 있다.

에드거로서는 결코 살아갈 수는 있는 것이다.

(퇴장)

4장

글로스터 백작의 저택 앞

켄트는 차꼬에 채워져 있다. 리어, 광대, 신사 등장.

리어 왕	이상한데, 그들이 이렇게 집을 비우고, 또 내 사자를 돌려보내지 않는다는 것은.
신사	제가 듣기에는 어젯밤까지는 그분들이 여기서 떠나실 의향이 없으셨다 합니다.
켄트	안녕하십니까, 국왕 폐하!
리어 왕	저런! 너는 이 모욕을 즐기고 있느냐?
켄트	천만의 말씀입니다, 폐하.
광대	하, 하! 지독한 각반을 치고 있군. 말은 머리를 잡아매고, 개와 곰은 모가지를, 원숭이는 허리를 잡아매는데, 사람은 다리를 잡아매는 게로구나. 다리를 너무 쓰면 나무 양말을 신기지.
리어 왕	네 신분을 몰라보고, 네게다 차꼬를 채운 놈은

대체 어떤 놈이냐?

켄트   그분과 그분입니다. 사위님과 따님입니다.

리어 왕   그럴 리가 없다.

켄트   그렇습니다.

리어 왕   그럴 리가 없대도.

켄트   그렇대두요.

리어 왕   아니야, 아니야. 그들이 이런 짓을 할 리가 없어.

켄트   아녜요, 그분들이 하셨습니다.

리어 왕   주신 주피터를 두고 맹세하지. 그렇지 않아.

켄트   그의 아내 주노를 두고 맹세합니다. 그렇습니다.

리어 왕   그들이 그런 짓을 할 리가 없어.

그럴 수도 없는 일이고, 그러려고 하지도 않았을 거야.

살인보다도 더 나쁜 짓이야, 감히 그러한 폭거로 나온다

는 것은

자, 대답해라, 나의 사자인 네가 대체 어떤 이유로,

이런 처분을 받고, 또 그들이 이런 처분을 네게 내렸는지,

되도록 간략하게 설명을 해.

켄트   폐하, 제가 공작님 댁에 가서 폐하의 친서를 전해드릴 때,

제가 예의로서 무릎을 꿇고 있던 그 자리에서,

미처 일어나기도 전에, 땀투성이가 되어 머리에서 김이

무럭무럭 나는 사자가 달려와,

숨이 차서 헐떡이면서 주인 고너릴 공주님으로부터의 인

사를 전한 뒤에,

제가 있는데도, 자기가 가지고 온 편지를 전했습니다.

그것을 두 분께서 곧 읽으시더니, 뭐라고 적혀 있었는지,

하인들을 모두 불러 모으시고는 곧 말을 타고 가셨습니다.

제게는 뒤따라오라고 명령하시고,

회답은 기다려라, 틈 있는 대로 하겠다고 하시면서, 차가운 일별(一瞥)을 던지셨습니다.

그리고 여기에 와서 아까 그 사자를 만났는데,

그놈이 실은 언젠가 폐하께 대해 방자하게도

무엄한 행동을 한 놈이었기 때문에,

그런 놈이 여기서 환영받는 걸 보고, 저는 화가 치밀어 올랐습니다.

저는 원래 지혜보다는 용기에 의존하는 자이오라, 그만 칼을 뺐습니다.

그러자 그놈은 겁먹은 소리를 고래고래 질러서 온 집안 사람들을 깨워버렸습니다.

폐하의 사위님과 따님께서는, 저의 죄과는 보시는 바와 같이

창피를 받아야 마땅하다고 생각하신 것입니다.[45]

---

45 어처구니없어 하는 리어. 잠시 간격을 두고 말하는 광대.

광대   겨울은 아직도 안 갔구나, 기러기[46]가 그렇게[47] 나는 걸 보니.

아비가 누더기를 몸에 걸치면

자식들은 눈을 감지만,[48]

아비가 돈 주머닐 갖고 있으면

자식들은 친절하다오.

운명의 여신은 이름난 창부(娼婦),[49]

가난뱅이에겐 문을 열지 않는다오.

하지만 걱정할 건 없소.

당신은 따님들 덕분에 잔뜩 가지고 있으니, 그 재화(財貨)

인지 재화(災禍)인지 하는걸.

리어 왕   아! 이 울화[50]가 심장에까지 치밀어 오르는구나!

화 덩어리야! 내려가거라! 복받쳐 오르는 슬픔아!

네가 있을 곳은 훨씬 아래쪽이다! 여기 와 있는 내 딸은

어디 있나?

켄트   백작님과 같이 이 안에 계십니다.

---

46 고너릴, 리건 및 그 남편들을 가리킴.

47 '그렇게' 아버지에게 거역하는 걸 보니.

48 모른 체한다.

49 운명의 여신은 제멋대로 이기 때문에 흔히 창부에 비유된다.《맥베스》1막 2장 참조.

50 울화병은 원래 자궁에서 일어나는 여성의 병이었는데, 셰익스피어가 살던 무렵에는 남성도 이 병에 걸린다고 생각되었다. 이 슬픔의 병은 '밑에서' 치밀어 심장으로 올라가고, 다시 목으로 올라가서 질식시키는 것으로 생각되었다. 히스테리커 파쇼 등 여러 가지 라틴말로 불리었다.

리어 왕 아무도 따라오지 마라. 여기 있어라.

(퇴장)

신사 지금 말씀하신 것 이외에는 아무 잘못도 없었습니까?

켄트 없었습니다.

그런데 폐하의 종자들은 왜 이리 적습니까?

광대 그런 질문을 한대서야, 네가 차꼬에 채워져도 싸지.

켄트 그건 왜 그래, 바보야?

광대 개미[51]한테 가서 좀 배워 오려무나,[52] 겨울에는 일이 없다
는걸.[53] 코가 향하는 쪽으로 걸어가는[54] 놈은 누구나 장님
이 아닌 다음에야 눈을 믿고 앞으로 가는 거야. 장님도 코
만 있으면 스무 명 중에서 단 한 명이라도, 썩은 냄새를
못 맡을 놈은 없지. 큰 수레바퀴가 언덕을 굴러 내려갈 때
는 잡았던 손을 얼른 놓아야 해, 붙잡았다간 목이 부러지
고 말 테니까. 하지만 큰 수레바퀴가 언덕을 올라갈 때는
너도 수레에 끌려가야 해. 영리한 사람이 더 좋은 걸 가르
쳐주거든 내 충고는 내게 도로 돌려줘야 한다. 내가 한 말
은 악한들이나 그대로 들어 좋은 거야, 바보의 충고니까.
이익에 팔려 주인을 섬기고,

---

51 이솝 이야기 〈매미와 개미 이야기〉. 구약성서의 〈잠언〉 3장 15절 참조.

52 영리한 부하들은 이미 리어가 권세를 잃었음을 알고, 리어 곁을 떠났다는 것이 이하에서
광대가 말하는 대사의 의미.

53 일이 없으면 벌이도 없다, 좋은 일은 하나도 없다.

54 '(코가 향하는 쪽으로) 곧바로 간다'는 말의 우스꽝스런 표현.

겉으로만 그럴듯이 꾸미는 놈은,

비 오기 시작하면 달아날 채비,

주인은 폭풍우 속에서 외톨이가 된다네.

하지만 나는 남으리, 바보는 있으리.

영리한 놈은 제멋대로 가라 하오.

달아나는 하인 놈은 바보가 되지만,[55]

바보는 맹세코 악한이 아니라오.

켄트 어디서 그런 걸 배웠니, 바보야?

광대 차꼬에 채워져서 배운 건 아니야, 이 바보야.

리어 왕, 글로스터와 함께 다시 등장.

리어 왕 나를 안 만나겠다고? 병이 났다고? 피곤하다고?

밤새도록 먼 길을 걸었다고? 단순히 구실에 불과하다는

건 알고 있어.

아비에게 반항하고, 아비를 버리려는 명백한 증거야.

자, 가서 좀 더 나은 회답을 받아 가지고 와!

글로스터 폐하, 폐하께서도 아시는 바와 같이, 공작 각하의 성질은

불과 같아서,

일단 무슨 일을 결정하시면 아주 완강하고

---

55 주인을 버리고 달아나는 놈은, 장차 그 일이 세상에 알려져 바보 취급을 받게 된다.

확고부동합니다.[56]

리어 왕 에잇![57] 더러운 짐승 같은 놈! 죽어 없어져라!

불 같다고? 성질이 어떻다고? 이봐, 글로스터, 글로스터,

나는 콘월 공작과 그 아내와 이야기를 좀 하려는 거야.

글로스터 네, 폐하, 두 분께 그렇게 말씀드렸습니다.

리어 왕 말씀드렸다고? 자네는 나를 알고 있나?

글로스터 네, 알고 있습니다, 폐하.

리어 왕 국왕이 콘월과 이야기를 좀 하려는 거야. 사랑하는 아버

지가 그 딸과 이야기를 하려는 거야. 딸의 봉사를 명하는

거야.

그걸 말씀드렸다고? 무슨 개나발 같은 소리야![58]

불 같다고? 불 같은 공작이라고? 그 뜨거운 공작에게 전

해 ─.

아니, 잠깐. 어쩌면 몸이 불편한지도 모르지.

병이 나면, 건강할 때엔 당연히 다해야 하는 책무도

소홀히 하기 쉬운 법이지. 사람의 본성이 압력을 받으면,

할 수 없이 육체와 같이 마음도 고통을 받게 되므로,

마침내 자기의 본성을 잃어버리는 거야. 내가 참지.

---

56 리어는 한동안 말도 안 나온다.

57 원문은 "복수! 질병! 죽음! 파멸!"로 되어 있다. 글로스터가, 리어의 입장에서 보면 핀트를
벗어난 대답을 했기 때문에, 리어는 일련의 저주의 말을 내뱉은 것이다. 직접적으로는 글
로스터에게 던진 저주지만 물론 콘월 부처도 염두에 둔 말일 것이다.

58 원문은 "나의 숨과 피!" 즉 "내 목숨을 걸고"라는 맹세, 매도의 말.

내가 너무 성급한 충동에 이끌리어,

몸이 불편한 병자의 발작을 건강한 사람의 의도로 오해

한 것도

울화통이 터질 노릇이야.

(켄트를 보며)

나는 국왕이 아닌가! 대체 무엇 때문에

이놈은 여기 앉아 있어야만 하는가? 이것으로 본다면,

공작 부처가 이 나를 소외하고, 만나지 않으려는 것은

분명히 계략이라고밖에 말할 수가 없어. 내 부하를 석방

시켜라.

자, 공작 부처한테 가서, 내가 할 말이 있다고 말해.

지금 곧 말이야. 그들에게 명령해라, 나와서 내 말을 들으

라고.

그렇지 않으면 그들의 침실 문 앞으로 달려가 북을 치고,

그 요란한 소리로 잠을 깨워주겠다.

글로스터   어떻게든 서로 원만히 되셨으면 좋겠습니다.

(퇴장)

리어 왕   아! 울화가 치민다, 울화가! 진정해라!

광대   실컷 떠들어요, 아저씨. 이야기[59]에 나오는 런던의 여자

---

59 현존하지 않으나 이러한 이야기가 있었으리라고 추측된다. 이하에서 광대는 리어의 딸들
에 대한 어리석은 친절심과 그 결과를 통렬히 풍자한다. 이제 새삼스레 딸들에게 "들어가
(머리를 숙여)"라고 해도 때는 이미 늦은 것이다.

요리사 모양. 그녀는 뱀장어 파이를 만들려고, 뱀장어를
산 채로 밀가루와 반죽해놓고는, 뱀장어 대가리를 막대기
로 두드리며, "들어가, 이 버릇없는 놈아, 들어가!" 하고
야단을 쳤거든. 그녀의 오라비라는 건 말에 대한 진짜 친
절한 마음[60]에서 말 먹이는 풀에 버터를 발라줬대요.

콘월, 리건, 글로스터, 하인들 등장.

리어 왕 내외 다 잘 잤는가?[61]

콘월 폐하, 안녕하셨습니까!

(켄트를 풀어준다)

리건 폐하를 뵈오니 기쁩니다.

리어 왕 그러리라고 생각한다, 리건아.

그렇게 생각하는 데는 그만한 이유가 있다.

만약 네가 기쁘지 않다면, 나는 죽은 네 어미와 이혼을 하
겠다.

그런 딸의 어미는 틀림없이 불의를 저질렀을 테니까.

(켄트에게) 아, 몸이 풀렸느냐?

그 문제는 이 다음에 이야기하기로 하자.

---

60 교활한 마부는 말 먹이는 풀에 기름칠을 하여 못 먹게 하고는, 그걸 훔쳐 팔아서 돈을 만
들었다. 이 여자의 오라비는 그런 속셈에서가 아니라 '진짜 친절심에서' 버터를 발랐다.

61 시각은 저녁때일 것이다. 리어의 풍자.

사랑하는 리건아, 네 언니는 내 딸이 아니다. 몹쓸 년이다.

아, 리건아!

그년은 배은망덕한 날카로운 부리로 독수리[62]처럼 여기를 (자기의 가슴을 가리킨다) 찔렀다. 뭐라고 설명할 수도 없다. 너는 도저히 믿을 수도 없을 것이다.

그 태도가 얼마나 흉악한지 ― 아, 리건아!

리건　아버님, 제발 진정하세요. 제 생각에는,

언니가 책임을 소홀히 했다기보다는 오히려

아버님께서 언니의 마음을 오해하시는 것 같습니다.

리어 왕　왜 그런 말을 하느냐?

리건　저는 도저히 생각할 수가 없습니다.

언니가 조금이라도 아버님에 대한 효도를 소홀히했으리라고는.

혹시 언니가, 아버님이 데리고 계시는 종자들이 난폭한 짓을 못 하게 했다 하더라도,

그것은 명백한 이유와 당연한 목적이 있어서 그렇게 한 것이므로,

언니에게 잘못은 없습니다.

리어 왕　그년은 내 저주를 받아야 해!

---

62 그리스 신화. 프로메테우스는 하늘에서 불을 훔쳐, 인류에게 주었기 때문에 제우스의 노여움을 사서, 코카서스 산의 바위에 결박지어지고 독수리에게 간장(肝臟)을 쪼아 먹히는 벌을 받았다.

리건   아버님, 아버님께서는 늙으셨습니다.

아버님의 체력은 바로 그 한계의 극한에 달해 있습니다.

아버님께서는 당연히, 아버님 자신보다도 아버님 일을 더 잘 아는,

사려와 분별 있는 사람의 재량에 모든 걸 맡기시고,

그런 사람의 의견에 따르셔야 합니다. 그러니 제발,

언니한테로 돌아가서

잘못했다고 말씀하세요.

리어 왕   그년에게 용서를 빌란 말이냐?

어디, 잘 봐라, 이것이 우리 왕가에 어울리는 것인지.

"사랑하는 딸이여, (무릎을 꿇는다) 나는 정말 늙었다.

늙은이는 쓸모없는 것이라, 이렇게 무릎을 꿇고 애원을 하니,

제발 내게 의복과 잠자리와 먹을 것을 좀 다오."

리건   아버님, 그만두세요. 그런 창피스런 희롱은 그만두시고,

언니한테로 돌아가세요.

리어 왕   (일어서면서) 절대로 안 간다, 리건아.

그년은 내가 데리고 있는 종자의 수를 반으로 줄였다.

무서운 낯짝으로 나를 노려보고, 살모사 같은 독설로

내 심장을 찌른 년이야.

하늘에 저장된 징벌이라는 징벌은 모두

배은망덕한 그년의 머리 위에 떨어져라.

질병을 전염시키는 대기(大氣)여, 불구자를 만들어다오,

그년한테서 태어나는 아이들의 뼈다귀를 말라비틀어지

게 하여!

콘월 그만하세요, 아버님, 그만하세요!

리어 왕 날랜 번개여, 눈 멀게 하는 너의 화염을

그년의 비웃는 눈깔 속에 찔러 넣어다오!

뜨거운 햇빛을 받아서 늪 속에 피어오른 독기여,

그년의 얼굴을 더럽히고 그 교만스런 콧대를 꺾어다오!

리건 아, 무서운 일! 제게도 같은 저주를 퍼부으시겠지요.

저 때문에 화가 나시면.

리어 왕 아니야, 리건아. 나는 너를 절대로 저주하지 않을 것이다.

너는 천성이 유순하니까 혹독한 짓을 할 리가 없다.

그년의 눈초리는 험악하지만, 네 눈은 온화하며, 사람을

노엽게 하지도 않는다.

너의 타고난 성질로 보아, 너는 설마,

내가 즐기는 일에 말썽을 부리거나, 내 종자들의 수를 줄

이거나,

난폭한 말대꾸를 하거나, 내 생활비를 깎거나,

요컨대 내가 들어가지 못하도록 문에 빗장을 지르는 일

따위는 설마 못 할 것이다.

너는 네 언니와는 달리 잘 알고 있을 거야.

인간, 자연의 도리를, 자식의 의무를. 아비에 대한 예의 바

른 행위와

아비의 은혜에 보답해야 함을.

내가 준 왕국의 절반을 너는

설마 잊지 않았겠지.

리건 아버님, 용건을 말씀해주세요.

리어 왕 누가 내 부하에게 차꼬를 채웠지?

(무대 안에서 터케트조의 나팔 소리)

콘월 저건 무슨 나팔 소리요?

리건 언니가 오는 거예요.

편지 대룝니다.

곧 이리로 오겠다고, 언니 편지에 씌어 있었습니다.

오스왈드 등장.

언니도 오셨소?

리어 왕 이놈은 제가 따라다니는 여자 주인의

변덕스런 총애를 믿고, 거드름을 피우는 놈이야.

꺼져라! 이 개 같은 놈!

콘월 무슨 일입니까, 폐하?

리어 왕 누가 내 부하에게 차꼬를 채웠느냐?

리건아, 물론 너는 모르는 일일 테지. 여기 오는 건 누구
냐?

고너릴 등장.

아, 하늘이여,

만약 당신이 노인을 불쌍히 여기신다면,

온 세계의 자비로운 통치자이신 당신이 효행의 덕을 칭송

하신다면,

만약 당신 자신께서도 고령이시라면,

모쪼록 이것을 자신의 문제로 생각하시어,

하늘의 사자를 내려보내셔서 저를 도와주옵소서!

(고너릴에게) 너는 부끄럽지 않으냐, 이 수염을 보고도?

아, 리건아! 너는 그년의 손을 잡느냐?

고너릴 손을 잡으면 왜 안 돼요?

무엇을 제가 잘못했어요?

비록 무분별한 사람이 그렇게 생각하고, 늙은이가 그렇게

말했다고 해서,

그 모든 것이 나쁜 것은 아니에요.

리어 왕 아, 이 가슴은 무척이나 굳세기도 하구나!

아직도 버티고 있느냐? 왜 내 부하에게 차꼬를 채웠지?

콘월 제가 채웠습니다.

하지만 그놈의 난폭한 짓을 생각하면 저것은 너무나 우

대한 셈입니다.

리어 왕 자네가! 자네가 했단 말인가?

리건 아버님, 제발, 아버님께서는 약하시니 약한 사람답게 하세요.

언니한테로 돌아가셔서 종자들을 절반으로 줄이시고,

이 달 말까지 머물러 계신 다음에, 저희들한테로 오세요.

저는 지금 집에 있지 않고,

아버님을 맞아 환대하기에 필요한 아무런 준비도 갖추고 있지 않으니까요.

리어 왕 그년한테로 돌아가라고? 그리고 종자들 50명을 줄이라고?

아니 그럴 바엔 차라리 지붕 밑에 살기를 그만두고,

외기(外氣)[63]의 적의와 맞서 싸우며,

이리와 올빼미[64]를 벗 삼아, 빈곤의 날카로운 이빨에 할퀴는 편이 훨씬 나을 것이다!

그년한테로 돌아가라고?

그럴 바엔 차라리, 내 막내딸을 지참금 없이 신부로 맞은,

그 격렬한 기질을 가진 프랑스 왕의 옥좌 앞에 무릎을 꿇고,

마치 부하처럼 노명(露命)을 이을 만한 연금의 하사를 애걸복걸하는 편이 훨씬 나을 것이다. 그년한테로 돌아가라고?

그럴 바엔 차라리 이 흉측한 놈의 노예나 말이 되라고 내

---

63 당시 외기는 건강에 나쁘다고 생각되었다.

64 모두 밤의 동물.

아버님, 제발, 아버님께서는 약하시니 약한 사람답게 하세요.
언니한테로 돌아가서 종자들을 절반으로 줄이시고,
이 달 말까지 머물러 계신 다음에, 저희들한테로 오세요.
저는 지금 집에 있지 않고,
아버님을 맞아 환대하기에 필요한 아무런 준비도 갖추고 있지 않으니까요.
– 2막 4장

게 권하는 편이 나을 것이다.

(오스왈드를 가리키며)

고너릴 마음대로 하세요.

리어 왕 얘, 제발 나를 미치게 하지 마라.

이제 네 신세는 지지 않겠다. 잘 지내거라.

이제 서로 만나지도 않을 것이고, 두 번 다시 얼굴을 대할 필요도 없을 것이다.

하지만 그래도 너는 내 혈육이며 딸이다.

아니 오히려 내 몸의 병든 부분이라고 하는 편이 나을지도 모른다.

그래도 물론, 내 몸의 일부라고 하지 않을 수는 없는 것이지만. 너는

나의 썩은 피에 뿌리박은 부스럼이며,

종기며, 부어오른 종양이다. 하지만 나는 너를 나무라지는 않겠다.

언제고 네가 욕을 당할 날이 오겠지만, 나는 그걸 빌지는 않겠다.

나는 벼락을 무기로 가지고 있는 주신에게 너를 치라 하고 싶지도 않고,

최고의 심판자인 조브 신에게 너의 일을 이르고 싶지도 않다.

될 수 있거든 마음을 고치고, 기회가 오면 사람이 되도록

해라.

나는 참을 수 있다. 나는 리건과 같이 지내겠다.

내 기사들 1백 명을 데리고.

리건 그렇게 할 수 없습니다.

저는 아직 아버님께서 오시리라고는 생각하지도 않았고, 환영해드릴 준비도 되어 있지 않습니다. 언니의 말씀을 들어주세요.

왜냐하면 아버님의 노여움을, 이성을 가지고 생각하는 사람들은,

틀림없이 아버님께서 연로하시다고 생각하여 잠자코 있는 것이니까요. 그[65] 결과는 —.

하지만 언니는 자기가 할 일을 잘 알고 있습니다.

리어 왕 진정으로 하는 말이냐?

리건 물론이에요. 아니 종자들이 50명이라고요?

그만하면 충분하지 않아요? 그 이상 무슨 필요가 있겠어요?

그래요. 아니, 그것도 너무 많아요. 비용으로 보든지, 위험한 점으로 보든지,

이렇게 많은 사람들을 유지한다는 것은 득책(得策)이 아니니까요. 한 집안에서

---

65 제스처. '보시는 바와 같이!'

여러 사람들이, 두 명령 계통 밑에서 어떻게 서로 화합해 나갈 수가 있겠어요?

어려운 일이에요. 거의 불가능한 일입니다.

고너릴 동생의 하인이나 제 하인이 아버님 시중을 들면 되지 않아요?

리건 그래요. 만약 그들이 아버님을 소홀히 모신다면, 저희가 감독할 수가 있어요. 저한테 오신다면, 아무래도 그런 위험성이 보이는데, 제발 종자들은 스물다섯 명만 데리고 오세요. 그 이상은, 있을 장소도 없고, 인정할 수도 없습니다.

리어 왕 나는 네게 모든 걸 주었는데―.

리건 그것도 알맞은 때에 주셨습니다.

리어 왕 너희들을 나의 후견인으로 삼고, 재산 관리인으로 지정했지만, 그만한 수의 종자들을 데리고 간다는 조건을 붙여두었다. 그런데 뭐 어째? 내가 네 집에 스물다섯 명밖에 못 데리고 간다고? 리건아, 그렇게 말했니?

리건 다시 한번 말씀드리겠습니다, 아버님. 그 이상은 곤란합니다.

리어 왕 흉악한 놈도, 더 흉악한 놈이 나오면, 예쁘게 보이는 법이지.

최악이 아니라는 것이 다소 살 만한 점이 있다는 것일까.

(고너릴에게) 너한테로 가겠다.

아무튼 네가 말한 50명은 스물다섯 명의 갑절이지.[66]

그러니 너의 애정은 저년의 갑절이로구나.

고너릴 제 말씀을 들어주세요, 아버님.

필요하시다면 그 갑절이나 되는 많은 사람들이 아버님을 모시려고

항상 대기하고 있는 집 안에서,

대체 무엇 때문에 스물다섯 명씩이나, 열 명씩이나, 아니

다섯 명인들 필요가 있겠어요?

리건 한 사람인들 무슨 필요가 있어요?

리어 왕 아! 필요를 논하지 말라! 아무리 비천한 거지일지라도,

가장 구차한 것 중에는 필요 이상의 것이 있는 것이다.

자연이 우리에게, 살기에 필요한 이외의 것을 아무것도

허용하지 않는다면,

인간의 생활은 짐승이나 다름없는 무의미한 것이 될 것이

다. 너는 귀부인이지.

만약 단지 따뜻하게 입는 것이 네게 어울리는 호사라고

한다면

네가 지금 입고 있는 그러한 사치스런 의복은 필요치 않

을 것이다.

---

66 또다시 애정을 수로 계산하는 늙은 리어.

하지만 정말 필요한 것은ㅡ.

하늘이여, 제게 인내력을 주십시오.

제게는 인내력이 필요합니다ㅡ.

신들이여, 보아주소서, 이 애처로운 노인을,

늙고 슬픔도 많으며, 그 두 가지 불행에 시달린 비참하기

이를 데 없는 이 노인을!

설사 여러 신들께서 이 딸들이 아비를 배반하도록 하셨다

해도,

이것을 가만히 참고 있도록 저를 우롱하지 말아주십시오.

저를 고귀한 노여움으로 분기시켜주시고,

여자의 무기인 눈물로 이 사나이의 뺨을

더럽히지 않게 하여주십시오!

이 배은망덕한 아귀 같은 년들아!

나는 너희 두 년에게 복수하고 말 테다.

온 세계가 깜짝 놀라도록ㅡ 꼭 그렇게 해 보일 것이다ㅡ.

그게 무엇일지 나도 아직 모르지만,

그것은 지구 전체를 온통 무서움에 떨게 할 것이다.

너희는 내가 울 줄 알겠지만, 나는[67] 울지 않을 테다.

울 만한 이유는 산더미만큼 있다.

(멀리서 폭풍우 소리)

하지만 이 심장이 천 갈래 만 갈래로 찢겨도,

---

67 그렇게 말하며 눈물을 닦는 리어의 동작.

나는 절대 울지 않을 것이다.

아, 바보야! 나는 미칠 것 같다!

(리어, 글로스터, 켄트, 광대 퇴장)

콘월　자, 안으로 들어갑시다. 폭풍우가 닥칠 것 같소.

리건　이 집은 좁아서 노인과 종자들이 머무를 수 없을 거예요.

고너릴　자업자득이야.

스스로 안락한 생활을 버리셨으니까,

자기의 어리석음을 실컷 맛보셔야 해.

리건　아버님 한 분만이라면 기꺼이 환영해드리겠지만,

종자는 단 한 사람이라도 싫어요.

고너릴　나도 그래.

글로스터 백작은 어디 계실까?

글로스터 다시 등장.

글로스터　폐하께서는 몹시 노하고 계십니다.

콘월　어디로 가셨소?

글로스터　말을 찾고 계셨는데, 어디로 가실지는 모르겠습니다.

콘월　마음대로 하시게 내버려둬요. 자기 고집대로 하시는 분
이니.

고너릴　글로스터 백작님, 절대로 붙들지는 마세요.

글로스터　아아, 밤이 옵니다. 차가운 바람이

자업자득이야.
스스로 안락한 생활을 버리셨으니까,
자기의 어리석음을 실컷 맛보셔야 해.
− 2막 4장

사납게 불어대고 있어요.

이 근처에는 몇 킬로미터를 가도 수풀 하나 없습니다.

리건 글로스터 백작님! 고집불통인 사람에게는

스스로 부른 재앙이

좋은 약 구실을 할 것입니다. 문을 꼭 닫아주세요.

아버님의 종자들은 난폭한 자들뿐입니다.

또 아버님은 귀가 여려 남의 말에 속기 쉬운 분이니,

그자들이 아버님을 추슬러서 무슨 짓을 하시게 할지 모

릅니다.

경계하는 것이 현명합니다.

콘월 문을 꼭 닫으세요, 글로스터 백작.

사나운 밤이오.

리건의 말이 옳소.

자, 폭풍우를 피하여 안으로 들어갑시다.

(모두 퇴장)

3막

1장
황야

여전히 폭풍우가 불고 있다. 켄트와 신사, 좌우에서 등장하여 서로 만난다.

켄트   거 누구요, 이 사나운 날씨에?

신사   이 사나운 날씨처럼 마음이 아주 불안한 사람이오.

켄트   아, 당신이오, 국왕은 어디 계시오?

신사   미쳐 날뛰는 자연의 사대원(四大元)[1], 폭풍우와 싸우고 계시오.

천지가 개벽이 되든지, 또는 아주 없어지게,

바람이여, 대지를 바닷속으로 불어 처넣어라,

용솟음치는 파도여, 육지를 덮어버리라고 명령하고 계시오.

왕께서 그 백발을 잡아뜯으시면,

---

1 우주 삼라만상은 '지(地)', '수(水)', '공(空)', '화(火)'의 4대 원소로 이루어져 있다고 생각되었다.

사정없는 광풍은 맹목적으로² 날뛰며 격분해서,

그 머리를 움켜가지고 방약무인하게 희롱하고 있소.

왕께서는 인간의 몸이라는 소우주로써,

엎치락뒤치락 미쳐 날뛰는 폭풍우를 제압하려 하고 계시오.

새끼에게 젖을 빨려서 허기진 곰도 굴 속에 숨고,

사자나 굶주린 이리조차도,

그 털가죽에다 비를 맞히지 않으려고 하는 이 사나운 밤에,

왕께서는 모자도 안 쓰시고,

될 대로 되라고 외치고 계십니다.

켄트 그런데 누가 왕을 모시고 있소?

신사 광대 이외는 아무도 없소. 광대는 상처 입은 왕의 마음을 익살로 위로하려고 애를 쓰고 있소.

켄트 그런데 나는 당신을 잘 알고, 또 나의 그러한 인상을 믿고 부탁하오만,

한 가지 중대한 일을 들어주지 않겠소? 실은 불화(不和)한 사이요,

올버니 공작과 콘월 공작은,

서로 교묘한 수단을 쓰기 때문에, 표면에는 아직도 나타나고 있지는 않지만,

---

2 원문 "blindly". 아마 '늙은 리어를 볼 수 없기 때문에, 리어를 동정하지도 않고'라는 의미일 것이다.

왕께서 그 백발을 잡아뜯으시면,
사정없는 광풍은 맹목적으로 날뛰며 격분해서,
그 머리를 움켜가지고 방약무인하게 희롱하고 있소.
 — 3막 1장

그 두 사람에게는 — 행운의 별 밑에서 태어난 덕분에 왕

위에 오르거나, 높은 지위에 오른 사람들에게는 흔히 있

는 법인데 — 겉으로 보기엔 하인일 뿐이지만, 기실 프랑

스의 스파이가 되어,

나라의 정보를 팔고 있는 놈들이 있는 것이오.

그들이 보고 들은 것은, 두 공작의 언쟁이건, 음모건,

또는 온화하신 노왕에 대한 가혹한 처사건, 또는 더욱 깊

은 비밀,

그에 비하면 이러한 것들은 단순한 겉치레에 불과한 것이

지만 —

이 모든 것을 저쪽에게 알려주고 있소.

아무튼 프랑스의 대군이

이 난맥을 이룬 나라에 몰려오고 있는 것만은 사실이오.

그들은 이미, 우리의 방심을 이용해서,

이 나라의 중요 항구들에 몰래 상륙하고는,

지금이라도 그 군기(軍旗)를 공공연하게 내걸고 선전포고

를 할 태세를 갖추고 있는 것이오. 그런데 당신에게 부탁

드릴 말이 있소.

나를 믿고 급히 도버까지 가주실 수는 없겠소?

감사하실 분이 계실 것이오.

왕께서 얼마나 인류와 자연의 상도를 벗어난,

미칠 듯한 슬픔을 안고 계시는지를 정확히 보고해주신

다면.

나는 혈통이나 성장이 결코 비천한 사람은 아니오.

또 약간의 지식과 믿을 만한 정보를 바탕으로 하여

이 역할을 당신에게 부탁드리는 것이오.

신사 좀 더 자세한 이야기를 듣고 싶습니다만.

켄트 아니, 그럴 필요는 없소.

내가 겉보기 이상의 인물이란 증거로 이 지갑을 드리겠소.

속에 든 걸 전부 가지세요. 코딜리어 공주님을 만나시거

든—반드시 만나실 테니까—이 반지를 보이세요.

그러면 공주님께서는 당신이 아직 알지 못하는 이 사람이

대체 누군지를 가르쳐주실 것이오.

제기랄, 이 폭풍우는 왜 이리도 사납담!

나는 왕을 찾으러 가겠소.

신사 그럼 악수를 합시다.

더 하실 말은 없소?

켄트 한마디만.

그렇지만 지금까지 한 말 중에서 이것이 가장 중요한 말

이오.

왕을 찾거든—당신은 그쪽으로 가서 찾아보시고, 나는

이쪽으로 가서 찾을 테니까—처음 왕을 만나는 사람이

소리를 질러 부르기로 합시다.

(두 사람 좌우로 퇴장)

2장
황야의 다른 지점

폭풍우는 여전히 계속되고 있다. 리어와 광대 등장.

리어 왕   바람아 불어라, 네 뺨을 찢을 때까지 불어라! 미쳐 날뛰어
라! 불어라![3]
폭포처럼 쏟아지는 호우여,[4]
땅에 이는 회오리바람이여,
높은 탑이 물에 잠기고, 바람개비 수탉이 물에 빠져 가라
앉을 때까지 실컷 퍼부어라!
전광석화, 머리에 번뜩이는 생각처럼 빠른 유황의 불이여![5]
참나무를 짜개는 벼락의 선구(先驅)인 번개여!
나의 흰 머리를 태워라! 그리고 천지를 진동시키는 우레여,

---

3   바람의 신을 의인화한 표현. 디킨즈의 글에 "젊은 바람 같은 볼을 한 천사가……"라는 것
이 있다.

4   리어는 〈창세기〉 7장 2절, 즉 '노아의 홍수'를 염두에 두고 이렇게 말한다고 생각하는 사
람도 있다.

5   벼락, 번개는 유황이 불타기 때문에 생긴다고 생각되었다.

바람아 불어라,
네 뺨을 찢을 때까지 불어라!
미처 날뛰어라! 불어라!
— 3막 2장

이 대지의 두껍고 둥그런 배(腹)[6]를 납작하게 찌부러뜨려
라!

만물을 만들어내는 자연의 모태를 부수고, 배은망덕한 인
간을 낳는

조화(造化)[7]의 씨를 당장에 없애버려라!

광대   아, 아저씨는, 비 안 맞는 집 안의 성수(聖水)[8] 쪽이, 이런
야외에서 비 맞는 것보다는 나아요.

그러니 아저씨, 집 안에 들어가서 딸들의 축복을 받아요.

이런 밤에는 영리한 사람이나 바보나 다 같이 비참하다
니까.

리어 왕   실컷 으르렁대라! 불을 뿜어라! 비를 퍼부어라!

비나, 바람이나, 천둥이나, 번개나,

너희들은 내 딸이 아니지. 너희 우주의 제원(諸元)[9]을 불친
절하다고 나무라지는 않겠다.

나는 너희들에게 왕국도 주지 않았고, 자식이라고 부른
적도 없었다.

너희가 내게 복종할 의무는 없는 것이다.

---

6 원형의 대지와 임신한 여자의 배.

7 셰익스피어는 이러한 생각을 성 어거스틴, 스토아파, 신플라톤파 등의 철학 이론에 의거
하고 있다고 생각되는데, 만물의 생성을 통할하는 것은 '시간'이며, '시간'의 씨는 우주 생
성의 근원이라고 생각되었다.《맥베스》1막 3장, 4막 1장 참조.

8 "집 안의 성수"란 당시의 관용어로, '추종', '교언영색'을 의미했다.

9 물, 불, 흙, 공기.

그러니 실컷 꿇려라, 나는 이처럼 너희의 노예며,

애처롭고, 늙어빠지고, 나약하고, 멸시받은 늙은이다.

하지만 그렇더라도 너희는 비겁한 첩자들이다.

저 사악하기 이를 데 없는 두 딸과 한패가 되어,

하늘의 대군을 하필이면 이 백발의

애처로운 노인에게 돌리다니. 아아, 아아, 비열하다!

광대 제 머리를 넣어둘 집이 있다는 것은 머리가 좋은 증거야.

　　머리 넣어둘 집도 없는데,

　　그것만이 집을 마련한다면,

　　온통 위나 아래나 이투성이가 된다오.[10]

　　거지가 장가들면 으레 그런 법.

　　가슴에 안으면 되는 것을,

　　발가락에 내려준 천벌로,

　　티눈이 아프다고 울부짖으며

　　뜬눈으로 긴 밤을 새워야 하오.[11]

　　아무리 미인이라 한들, 거울 앞에선 낯을 찌푸려보지 않
는 여자가 없으니까.[12]

---

10 처음 4행—집도 마련하기 전에 아래쪽의 욕정에만 끌리는 놈은 가난해져서 거지 같은 결혼을 하고, 머리나 아래쪽이나 상대한테서 받은 이만 득실거리게 된다.

11 다음 4행—정말 소중한 것을 모르는 자는 발에 생기는 티눈처럼 언제까지나 그 고통 때문에 울어야 한다. 당시의 격언에도 이에 가까운 것이 있었다. "발가락"은 고너릴과 리건, "가슴"은 코딜리어.

12 의미가 없는 대사. 신랄하게 풍자한, 돌리기 위한 난센스. 광대가 흔히 쓰는 수법이라고 생각하는 학자도 있다. 고너릴이나 리건이 나들이할 때의 얼굴을 풍자했다고도 볼 수 있을 듯.

리어 왕 아냐, 나는 온갖 인내의 모범이 돼야겠다.

나는 아무 말도 않겠다.

켄트 등장.

켄트 거기 있는 것은 누구요?

광대 응, 여기 있는 건 윗사람과 아랫사람일세. 즉 현명한 자와 어리석은 자.

켄트 아아! 폐하, 여기 계셨습니까?

밤을 즐기는 짐승들도 이런 밤은 좋아하지 않을 것입니다.

이 미쳐 날뛰는 밤에는 어둠을 방황하는 것들조차도 겁에 질려, 동혈(同穴) 속에 숨어 있습니다.

제가 철난 이래로, 저렇게 하늘 가득 타오르는 번갯불의 띠와, 저렇게 무서운 뇌성벽력, 저토록 미친 듯 울부짖는 비바람의 신음 소리를 여태껏 본 적도 들은 적도 없습니다.

인간의 몸으로 무리입니다.

도저히 이러한 괴로움이나 무서움을 견디지 못합니다.

리어 왕 우리의 머리 위에서

이 무서운 혼란을 불러일으키고 있는 위대한 신들로 하여금, 지금 당장 그 원수[13]를 찾아내게 하라.

---

13 다음 두 행에 있는 죄를 범하고 아직 잡히지 않은 죄인.

떨어라! 세상에 알려지지 않은 죄를 가슴에 품고,

아직 정의의 채찍을 받지 않은 비겁자!

숨어라! 그 손을 피로 더럽힌 자여!

거짓 맹세를 한 자여! 근친상간 죄를 범하면서

유덕(有德)을 가장하는 자여! 네 몸이 산산조각이 나도록

떨어라!

그럴 듯한 양속(良俗)의 가면 밑에서 남을 모살하려던 악

한아!

남의 눈을 꺼리는 온갖 죄악이여,

너희를 숨기고 있는 용기의 뚜껑을 열어젖히고,

이 무서운 소환승(召喚僧)[14]들에게 자비를 구하라.

나는 죄를 범했다기보다는[15] 남들이 내게 죄를 범하고 있

는 것이다.

켄트 아아! 맨머리로!

폐하, 이 근처에 움막이 있습니다.

이 폭풍우를 피하시는 데는 약간이나마 도움이 될 것입

니다.

거기서 잠깐 쉬고 계십시오.

그동안에 저는 다시 한번 그 냉혹한 집엘 가보겠습니다

—돌보다도 냉혹한 석조 저택, 방금 폐하께서 가신 곳을

---

14 옛날 종교 재판에서 죄인을 호출하는 일을 맡았던 사람.
15 리어 자신은 이상에 열거한 죄인과는 달리.

물었더니, 저를 집에 들어가지도 못하게 했습니다만―그 집으로 돌아가서,

어떻게든 그들에게 효도를 하도록 해보겠습니다.

리어 왕   나는 정신이 돌아버릴 것 같다.[16]

얘, 바보야, 기분이 어떠냐? 춥냐?

나는 춥다.

(켄트에게) 그 침상이라는 건 어디 있느냐?

가난이라는 건 참으로 신기한 요술쟁이로구나,

비천한 것도 고귀하게 바꿔버리니.

자, 그 움막이라는 데로 가자.

가엾은 바보야, 내 마음속에는 아직도 너를 가엾이 여기는 한 구석이 남아 있구나.

광대   (노래한다)

지혜가 부족한 사람은,

바람 부나 비가 오나 허허 하면서

운이라 생각하고 체념해야지.

날마다 비가 와도 그래야 하지.

리어 왕   정말 그렇다, 얘야, 자, 그 움막으로 나를 안내해다오.

(리어와 켄트 퇴장)

광대   오늘 밤은 음녀(淫女)의 열을 식히기에 좋은 밤이다. 들어

---

16 리어의 정신 착란의 첫 징후.

가기 전에 예언[17]을 한마디해둘까.

수도승이 수행보다 말만 힘쓰고,

술장수가 누룩에 물을 섞으며,

귀족이 재봉사의 사장(師匠)이 되며,

이교도는 불사르지 않고, 당하는 건 기생 서방뿐이라면,

반드시 앨리언[18]의 왕국엔

대붕괴가 일어날 거요.

모든 소송 사건이 올바르게 재판되고,

빚진 견습 기사[19] 없어지며, 가난뱅이 기사도 없어지고,

욕설, 중상모략이 사람 입에 오르내리지 않게 되며,

소매치기 잡담 속에 끼어들지 않으며,

고리대금하는 자 들판에서 돈을 세고,

뚜쟁이 갈보들이 교회를 세우면,[20]

살아서 그런 세상 볼 수만 있다면,

인간은 다시 발로 걷게 될 거요.[21]

---

17 이하의 "예언"(14행)은 셰익스피어가 쓴 것이 아니라 후에 추가된 것이라고 여겨진다. 당
시의 사람들에게 널리 알려져 있던 〈멀린의 예언〉(당시에는 14세기 영국의 대시인 초서의 작품
이라고 그릇 생각되고 있었다)이라는 풍자시를 흉내낸 것.

18 영국의 옛 이름.

19 Squire. "기사(knight)"의 종자로, 그 창이나 방패를 들고 시중들었다. 봉건 제도 하에서 그
들의 사회적 지위는 knight, squire, yeoman, knave의 순이었다. Squire는 '기사가 되기 전
의 젊은 견습생'을 가리키는 경우도 있었다.

20 개심하여.

21 당연한 일인데, 그 당연한 것을 신탁(神託)처럼 말하는 광대의 수법. 지금은 인간이 발로 걷
지 않는, 거꾸로 된 세상이란 말인가? 이상 7행은 이상적 사회 상태에 대해서 말한 것일 듯.

이 예언은 장차 멀린[22]이 합니다.

나는 그보다 훨씬 전 시대에 사는 사람이니까.

(퇴장)

---

22 멀린은 《아서 왕 전설》의 예언자. 리어의 시대는 그보다 훨씬 이전이다. "나는 옛날 사람"이라고 말하는 광대 자신은 관객과 동시대인이 아닌가!

3장
글로스터의 저택

글로스터와 에드먼드, 횃불을 들고 등장.

글로스터 아아, 에드먼드야, 나는 이러한 불효 행위를 좋아하지 않는다. 왕을 위로해드리려고 공작 부부의 허가를 받으려했더니, 내 자신의 집을 내가 사용하지 못하도록 하셨을뿐 아니라, 두 번 다시 왕을 위해서 변명하든지, 탄원하든지, 또는 어떤 의미에서든 왕을 배려하면 나와는 영구히절교하겠다고 말씀하셨다.

에드먼드 정말 잔혹한 불효자군요!

글로스터 괜찮다. 너는 아무 말 말아라. 두 공작은 불화할 뿐 아니라, 더 나쁜 일이 일어나고 있다. 나는 오늘 밤에 편지 한장을 받았는데, 그걸 이야기하는 건 위험천만한 일이다.궤 속에 넣고 잠가버렸다. 국왕께서 지금 받고 계시는 어려움은 반드시 철저하게 보복이 될 것이다. 군대의 일부는 이미 상륙했다. 우리는 왕의 편을 들지 않으면 안 돼.

나는 왕을 찾아서 몰래 구조해드리겠다. 왕에 대한 나의
호의를 공작이 눈치채지 않도록 너는 가서 공작과 이야
기를 하고 있거라. 만약 공작께서 나를 부르시거든 몸이
불편해서 누워 있다고 하려무나. 생명의 위협이 없지도
않지만, 설사 그 때문에 이 목숨을 잃는 한이 있더라도 본
래의 주군이신 국왕 폐하를 구원해드리지 않으면 안 된
다. 자, 에드먼드야, 이제부터는 놀라운 일이 일어날 것이
니, 제발 조심해라.

(퇴장)

에드먼드   공작에 의해 금지된, 이 왕에 대한 충의심을
곧 공작에게 알려주자.
그리고 그 편지에 대한 일도.
이것은 상당한 공로가 될 듯하다.
그리고 아버님이 잃은 모든 것을 꼭 내 것으로 만들어야지.
노인이 쓰러지면 젊은 사람이 일어나는 법이지.[23]

(퇴장)

---

23 당시의 격언적인 말에 '누군가가 일어서면, 누군가가 쓰러진다'는 것이 있다.

4장
황야의 움막 앞

리어, 켄트, 광대 등장.

켄트   여깁니다, 폐하. 들어가십시오.

　　　황야에서 밤중에 미쳐 날뛰는 이런 폭풍우는,

　　　인간의 몸으로는 도저히 견딜 수 없습니다.

(폭풍우 계속)

리어 왕   아냐, 난 내버려둬.

켄트   폐하, 제발 들어가주세요.

리어 왕   너는 내 가슴을 찢어놓을 작정이냐?[24]

켄트   차라리 제 가슴을 찢기고 싶습니다. 폐하, 들어가주세요.

리어 왕   너는 이 격렬한 폭풍우가 피부 속까지 침범하는 것을

　　　굉장한 일로 생각하는 모양이로구나. 네게는 그럴 테지.

　　　하지만 더 심한 병에 걸려 있을 때는,

---

24 밖에 있으면 사나운 폭풍우 때문에 딸들의 일도 잊을 수 있다. 그런데 너는 안으로 들어가라는 거냐?

가벼운 병 따위는 느끼지 않는 법이다. 너는 곰이 나오면 피하려 하겠지.

하지만 달아나는 길 앞에 으르렁거리는 바다가 가로놓여 있다면,

너는 단호히 곰과 대적할 수밖에 없을 것이다. 마음이 자유로우면 몸은 민감해진다.

내 마음에 불어닥치는 이 폭풍우는 나의 오감에서 모든 감각을 탈취해버리고,

남는 것은 오직 여기서 격렬히 울리는 마음의 고통뿐이다.

배은망덕한 불효자 놈! 이것은 마치 입에 먹을 것을 넣어 준다고 해서 이 손을 이 입이, 물어뜯는 것과 같지 않은가?

하지만 나는 철저히 벌할 테야. 아니, 이제는 울지 않을 테야.

이런 밤에, 나를 내쫓다니! 비야! 억수같이 퍼부어라! 나는 참겠다.

이렇게 사나운 밤에! 아, 리건아, 고너릴아!

너희의 늙고 자비로운 아비를 ─ 모든 것을 아낌없이 주었는데 ─

아! 그쪽은 광증의 방향이야.[25] 그것만은 피하자.

그런 생각은 말자.

---

25 '그렇게 생각하니 미칠 것 같다'와 '그쪽 방향에 광증이 있다'(광증을 악마 같은 걸로 생각하여, 거기서 달아나려는 리어의 생각, 동작)라는 이중적인 생각. 리어는 이미 상당히 '광증'에 끌려들고 있다.

내 마음에 불어닥치는 이 폭풍우는
나의 오감에서 모든 감각을 탈취해버리고,
남은 것은 오직 여기서 격렬히 울리는 마음의 고통뿐이다.
– 3막 4장

켄트　폐하, 이리로 들어가주십시오.

리어 왕　아냐, 너나 들어가거라. 나는 상관 말고 편히 쉬어라.

이 폭풍우 덕분에 나는 여러 가지 괴로운 일들을 생각하지 않아도 되는 것이다.

하지만 나도 들어가지.

(광대에게) 자, 들어가거라, 네가 먼저 들어가거라. 집도 없는 구차한 사람들—

아니, 너는 들어가거라. 나는 기도[26]를 하고 나서 자겠다.

(광대 들어간다)

입을 옷도 없는 가엾은 사람들아, 너희가 어디 있든지

이 무정한 폭풍우를 맞으면서 의지할 곳 없이 견디고 있겠지.

머리에는 덮을 것도 없고,[27] 먹을 것도 없어 굶주린 배를 움켜쥐고,

구멍투성이인 누더기를 걸친 사람들아, 어떻게 이러한 폭풍우의 밤을 견디려는가?

아, 나는 지금까지 너무도 그런 일을 모르고 지냈다.

영화를 누리는 자들이여, 이것을 약으로 삼아라,

---

26 "기도"라 해도 신들에 대한 것이 아니다. 앞 줄과 이하에 있듯이, 가난한 자, 영화를 누리는 자에 대한 호소이며, 리어 자신의 회한의 표현이다.

27 원문은 "houseless"인데, '집 없는', '아무것도 머리에 쓰지 않은'의 두 가지 뜻으로 볼 수 있다. 몸이 깃들 집과, 영혼이 깃들 집(육체)이라는 두 개의 이미지의 흐름이, 리어의 의식에서는 복잡하게, 셰익스피어의 드라마 면에서는 거장의 터치로 융합되어 있다.

불행한 사람들의 처지를 스스로 느낄 수 있게, 네 자신이

이 비바람을 맞아봐라.

그러면 너희도 남은 것을 그들에게 나누어주고,

하늘의 정의를 나타내게 될 것이다.

에드거   (무대 안에서) 한 길 반[28]이야, 한 길 반! 가엾은 톰이야!

(광대가 움막에서 뛰쳐나온다)

광대   여기 들어가면 안 돼, 아저씨. 여기 귀신이 있어.

사람 살려! 사람 살려!

켄트   자, 내 손을 잡아라. 거기 누구냐?

광대   귀신이야, 귀신. 가엾은 톰이라고 말하고 있어.

켄트   대체 누구냐, 짚자리 속에서 중얼대는 놈은?

이리 나와!

미치광이로 변장한 에드거 등장.

에드거   저리 가라! 무서운[29] 악마가 나를 따라온다! 당산사나무

의 가시[30] 사이로 찬바람이 분다. 아! 춥다! 잠자리로 들

---

28 선원들이 수심을 잴 때 쓰는 말인데, 폭우가 내렸기 때문에 그렇게 말한 듯. 또는 다음에
나오듯이 짚자리 속에 있기 때문에 이렇게 말하는지도 모른다.

29 미치광이는 악마가 들려 있다고 생각되었다.

30 《햄릿》 4막 5장에서 미친 오필리어가 부르는 노래와 마찬가지로, 당시 흔히 불리던 옛 민
요 〈회색 승복을 입은 탁발승〉의 1행. 당산사나무의 가시에 대한 언급은 베드럼의 미치광
이 거지들이 팔뚝 같은 데 바늘을 꽂고 있었기 때문일 듯. 1막 2장, 2막 3장 참조.

어가 몸을 녹여라.

리어 왕 너도 딸들에게 모든 걸 다 주어버렸니?

그래서 이 꼴이 되었니?

에드거 누가 가엾은 톰에게 무얼 좀 안 주겠어?[31] 무서운 악마에게[32] 불 속으로, 불꽃 속으로, 시내 속으로, 여울 속으로, 습지와 수렁 위로 끌려다닌 이 톰에게. 악마는 톰의 베개 밑에 칼을,[33] 기도대에는 목매어 죽는 밧줄을 걸어놓고, 수프 옆에는 쥐약을 늘어놓고, 톰에게 교만심을 일으키게 해서, 다갈색 준마에 올라 10센티미터밖에 안 되는 다리를 건너게 하고[34] 제 그림자를 배반자라고 쫓아가게 했어.[35] 정신을 똑바로 차려요! 톰은 추워요 — 아, 덜, 덜덜. 당신을 회오리바람, 별의 재앙, 악마의 유혹에서 지켜주소서! 가엾은 톰에게 제발 자선을 좀 베풀어줘요. 무서운 악마가 학대하고 있어요. 에잇 이놈, 이번엔 붙잡고야 말테다 — 여기, 여기는 — 또 — 여기, 여기다.[36]

(폭풍우 계속)

---

31 앞의 리어의 "주어버렸니?"에 계속하여 베드럼의 거지들의 구걸을 흉내낸다.

32 셰익스피어는 당시의 악마학에 의거하고 있다.

33 악마가 사람의 영혼을 빼앗는 가장 손쉬운 방법은 자살의 죄를 범하게 하는 일이다. 《햄릿》, 말로의 《포스터스 박사》(1588?) 등에도 이러한 유의 언급이 있다.

34 경쾌히 달리는 준마를 타고 10센티미터밖에 안 되는 다리를 빨리 달린다는 것은 무리한 이야기.

35 고양이가 제 꼬리를 쫓아가는 것과 마찬가지로 무리한 일.

36 이렇게 말하면서 에드거는 악마를 붙들려고 하는 듯이, 몸의 각 부분을 붙잡으며 누른다.

리어 왕	원! 이놈의 딸들 때문에 이놈도 이 꼴이 되었나?
	아무것도 남기지 않았어? 모든 걸 다 주어버렸어?
광대	아니, 모포 한 장만은 남겨뒀어.[37] 그렇지 않았다면 볼 수
	도 없었을걸.
리어 왕	자,[38] 잘못을 범한 인간의 머리 위에 떨어질,
	공중에 걸려 있는 모든 독기여, 네 딸들의 머리 위에 떨어
	져라!
켄트	이 사람에게는 딸이 없습니다.
리어 왕	죽어 없어져라, 이 배반자 같으니! 불효한 딸들 때문이 아
	니라면,
	누가 인간을 저렇게 비참한 모양으로 바꿔놓을 수 있단
	말인가?
	자식에게 버림받은 아비들이 이처럼[39] 자기 육체를,
	잔인하게 취급하는 것이 당세(當世)의 유행인가?
	당연한 형벌이다! 아비의 피를 빨아먹는 펠리컨 같은 딸
	들[40]을 낳은 것은

---

37 리어 자신도 백 명의 종자들을 남겨, 겨우 왕권의 위엄을 유지하려 했다. 1막 1장 참조.

38 이 2행 같은 표현은 셰익스피어의 다른 작품과 동시대의 작품 등에 보인다. 이 정해진 표현의 힘을 빌려 모든 저주를 에드거의 딸들에게 퍼부으려는 리어.

39 에드거가 팔뚝 같은 데에 바늘을 꽂고 있는 것을 바라보면서 말한다. 어떤 연출에선 리어가 에드거의 팔뚝에 꽂힌 바늘을 뽑아 자기 팔뚝에 꽂으면서 이렇게 말했다.

40 펠리컨의 어미새는 그 새끼를 몹시 귀여워해서, 제 피로 새끼를 키운다고 생각되었다. 리어는 그 생각을 더욱 발전시켜 "펠리컨 같은 딸들"은 아비의 피를 빨아 죽게 한다고 말하는 것이다.

바로 이 육체니까.

에드거 피리콕[41]이 피리콕의 언덕에 앉았다. 앨로, 앨로, 루, 루![42]

광대 이렇게 추운 밤에는 모두 바보나 미치광이가 되는 거야.

에드거 무서운 악마를 조심해요. 부모에게는 복종해요. 약속을 지키고 함부로 맹세하지 말아요. 남편 있는 여자와 간통 말고, 사치스런 옷은 입을 생각도 말아요.[43] 톰은 추워요.

리어 왕 전엔 무엇을 하고 있었니?

에드거 종자였지요.[44] 의기양양하여 머리를 지지고,[45] 모자에는 몇 개씩이나 장갑을 끼우고,[46] 주인아씨의 색정을 맞추느라고 컴컴한 정사(情事)도 같이 하고, 입에서 나오는 대로

---

41 이 행에 대해서는 정확한 것을 모른다. 미치광이를 가장하는 에드거는 리어가 "펠리컨"이라고 한 데 대해 "피리콕"이라고 말했다. 피리콕은 '달링' 따위와 같은 애칭. 또 일설로는 남근을 가리킨다고도 하는데, 그 의미에선 '피리콕의 언덕'은 여성의 치구(恥丘)를 말하는 것으로 생각되고 있다. 그리고 그러한 섹스의 함축은 앞에서 말한 리어의 "펠리컨 같은 딸들을 낳은"에 대응한다. 에드거의 대사는 당시의 동요를 흉내낸 것이라고 생각하는 사람도 있는데, 그것도 확실하지 않다.

42 원문 "Alow, alow, loo, loo". 여러 가지로 해석되고 있다. 매를 다루는 사람이 매를 부르는 소리(《햄릿》 1막 5장 참조)라고도 설명되고, 또 개를 어르는 말이라고도 설명되고 있다. 에드거는 이것을 노래의 후렴으로 부르는 듯.

43 이하에서 에드거는 교리문답, 모세의 십계(구약 〈출애굽기〉, 〈신명기〉), 신약 〈디모데서(書)〉, 〈에페소서〉 등에 있는 가르침을 늘어놓는데, 이것으로 "무서운 악마"를 쫓아버릴 셈인 듯.

44 베드럼의 거지는 흔히 고명한 귀족을 섬겼다고 가장한 모양인데, 이것이 단순한 종자를 의미하는 말인지, 또는 이하에서 말하듯이 여주인의 정부를 뜻하는지는 학자마다 의견이 다르다. 그 양쪽을 모두 함축한다고 보는 것이 적당할 듯.

45 귀족 청년들이 하듯이.

46 모자에 연인인 귀부인이 보내 온 부인용 장갑을 끼우는 것은, 당시 궁정의 멋쟁이들이 애용하는 장식이었다. 여기서는 그걸 몇 개씩이나 끼우고 있다는 것이다.

맹세를 하고는 하느님 앞에서 그걸 깨뜨리고,[47] 잘 때는 여자 녹일 궁리를 하고, 일어나선 그것을 실행했지요. 술을 몹시 좋아하고, 노름도 더없이 즐기고, 터키 왕[48] 뺨칠 만큼 여자와 상관하고, 마음은 부실, 귀는 여러 무엇이든 들어주고, 손은 피투성이, 게으르긴 돼지 같고, 교활하긴 여우 같고, 탐욕스럽긴 이리 같고, 광폭스럽기가 개 같고, 영맹(獰猛)스럽긴 사자 같았지요.[49] 구두가 삐걱거리는 소리[50]나 비단 옷 스치는 소리에 홀려 여자에게 본심을 주어서는 안 돼요. 갈보집에는 발을, 여자의 스커트 자락에는 손을, 빚쟁이에게는 증서를 들여놓지 말아요. 그리고 무서운 악마를 내쫓아요. 당산사나무 가시 사이로 바람이 불어요, 바람은 웁니다. 헤이, 노, 노니.[51] 얘, 돌핀[52], 얘야! 자,[53] 그놈[54]을 보내줘.

---

47 즉 거리낌없이.

48 술탄. 후궁이 많은 걸로 유명.

49 예부터 교만(신에 대해서), 노여움, 대식(大食), 색욕, 탐욕, 게으름, 선망(先望)의 일곱 개를 총칭해서 '일곱 개의 대죄'라 불렀다. 이것은 흔히 동물로 표현되었다.

50 당시 구두가 삐걱삐걱 소리를 내는 건 세련된 것이라고 생각되었다.

51 예부터 흔히 불린 노래의 후렴.《햄릿》4막 5장 오필리어의 노래 참조.

52 무엇을 가리키는지 잘 알 수 없다. 옛 민요 같은 데서 따온 1절이라고도 생각된다. 또 "돌핀"은 악마의 이름이라고도 설명된다. 또는 미치광이를 가장하는 에드거가 고의로 알 수 도 없는 소리를 지껄인 것일까?

53 원문은 "Sessa!" 이것도 '자, 그렇게 해라!'인지, '자, 그만둬라!'(프랑스어로 미루어 보아)인지, 단순한 감탄사인지, 잘 알 수 없다.

54 악마를 가리키는 말일까, 폭풍우를 가리키는 말일까?

(폭풍우 계속)

리어 왕 너는 무덤 속에 있는 편이 낫겠다. 맨몸으로 이 극심한 추위를 견디기보다는. 사람이 이렇게밖에 될 수가 없느냐? 이 사람을 잘 보아라. 너는 누에한테서 비단도 빌리지 않았으며, 양한테서 털도, 사향묘(麝香猫)한테서 사향도 빌리지 않았구나.[55] 아! 여기 있는 우리 세 사람은 타락했다! 너야말로 사물 그 자체야.[56] 분식(粉飾) 없는 인간은 이처럼 애처롭고 알몸뚱이만 있는 두 발 가진 동물에 지나지 않아. 벗자, 벗어, 이런 빌려 입은[57] 물건들을! 자, 이 단추를 끌러라![58]

(자기 옷을 찢으며 벗는다)

광대 아저씨, 제발 좀 참아요. 오늘 밤은 수영할 만한 밤이 못 돼요.

이런 때 황야에 조그만 불이 붙는다 해도,[59] 음탕한 늙은이[60]의 심장 같은 거지. 조그만 불똥이 튄대도, 몸뚱이의 다른 부분은 차디차게 식어버렸거든. 저것 보게, 불이 걸

---

55 플로리오(John florio, 1554?~1625)의 몽테뉴 역(譯)에 유사한 표현이 있다.

56 모든 분식을 버린 "그것 자체"는, 곧 코딜리어의 "아무것도 없습니다(nothing)"(1막 1장)라는 진리에 대한 통찰이며, 그 실천이라고 할 수 있다. 전편의 주제라고도 할 수 있다.

57 누에, 짐승 따위한테서 빌려 입은 옷.

58 리어도 '분식 없는…… 두 발 가진 동물'이 되고 싶은 것이다.

59 멀리서 횃불이 다가오는 것을 약간 알아채면서.

60 광대는 글로스터에 대해 말할 셈으로 지껄이는 게 아니다. 하지만 관중은 앞 장면에서 그가 오는 것을 알고 있다.

어온다.

글로스터가 횃불을 들고 등장.

에드거　저건 무서운 악마 프리버티 지베트[61]로구나, 저놈은 저녁
　　　종[62]이 울리면 나와서, 첫닭 울 때[63]까지 싸돌아다니지. 저
　　　놈 덕분에 흑내장이 되고, 사팔뜨기가 되고, 언청이가 되
　　　기도 하는 거야. 익은 보리에 곰팡이가 생기고, 땅속의 불
　　　쌍한 벌레들을 못살게 구는 것도 다 그놈의 짓이야.
　　　　위솔드[64]가 세 번이나 언덕을 돌다가,
　　　　아홉 마리 부하 가진 꿈의 마녀[65]를 만났다오.
　　　　내려오라[66] 이르고,
　　　　서약[67]을 시켰다오.
　　　　썩[68]나가라, 마녀야, 없어져라!

---

61 악마의 이름. 이 악마는 다른 악마와 넷이 한 쌍이 되어 둥근 원을 그리며 '춤춘다'고 생각
　　되었다. 에드거는 바로 글로스터임을 알아채지는 못한다.

62 화재 예방을 위해 저녁때에 각 가정의 불을 끄도록 신호로 울리는 종. 오후 9시.

63 한밤중. 보통 두 번째는 오전 3시, 세 번째는 동트기 한 시간쯤 전에 운다고 생각되었다.

64 처음 4행은 악마에 대해 당시 보통 쓰이던 주문의 문구로 생각된다. 성 위솔드는 재앙을
　　막아주는 신.

65 잠자는 사람의 가슴에 올라타 무서운 꿈을 꾸게 한다고 생각된 악마.

66 사람의 가슴에서 "내려오라"고.

67 이후로는 이런 짓을 하지 않겠다는 서약.

68 앞 4행의 주문을 왼 사람이, 이번에는 자기가 주문을 말한다. 이것은 당시 흔히 이야기된
　　문구.《맥베스》1막 3장 참조.

켄트 폐하, 왜 그러십니까?

리어 왕 저건 누구야?

켄트 거기 누구냐? 무엇을 찾고 있느냐?

글로스터 거기 있는 너희는 누구냐? 너희들 이름을 대라.

에드거 가엾은 톰이오. 물속에 사는 개구리, 두꺼비, 올챙이, 도마 뱀, 도롱뇽을 먹고 삽니다. 무서운 악마가 날뛰면 화가 복받쳐서 채소 대신 쇠똥을 먹지요. 썩은 쥐나 수채에 버려진 죽은 개도 꿀꺽 삼키고, 궂은 물 괸 웅덩이의 파란 이끼도 마십니다. 매를 맞으며 마을에서 마을로 쫓겨 다니고,[69] 차꼬에도 채워지고 감옥에도 갇힙니다. 옛날에는 이래도 웃옷이 세 벌, 속옷이 여섯 벌,[70]

말도[71] 타고 칼도 찼소.

하지만[72] 기나긴 일곱 해 동안, 톰의 음식은

생쥐와 쥐, 그리고 작은 벌레들뿐이었다오.

내게 붙어 다니는 놈[73]을 조심해요. 쯧[74], 스멀킨! 쩟, 악마 놈!

---

69 1597년에 제정된 법률에 의해서, 유랑자는 그 소속하는 교구로 돌아갈 때까지는 여러 사람의 면전에서 매를 맞았다.

70 당시의 하인들이 주인한테서 받는 표준적인 의복의 수량.

71 이 부분은 이절판(二折版)에서는 운문으로, 4절판에서는 산문으로 되어 있다.

72 다음 행과 같이 옛 담시(譚詩)의 2행을 흉내낸 것.

73 악마.

74 에드거는 이번에는 자기에게 붙어 있는 악마에게 말을 건다. "스멀킨"은 하스넷에 의하면, 쥐의 모양을 하고 사람의 귀에서 나온다는 악마의 이름. 〈생쥐와 쥐〉에서의 연상(聯想)일 듯.

글로스터	아니, 폐하를 모시고 있는 사람들은 이런 사람뿐입니까?
에드거	지옥의 왕자[75]는 신사야. 그 이름은 모도, 또는 머프.[76]
글로스터	폐하, 피를 나눠 가진 저의 자식들까지도 악독해져서 저를 낳은 부모를 미워하게 되었습니다.[77]
에드거	가엾은 톰은 추워요.
글로스터	저와 같이 들어가시죠. 저는 한 신하로서, 따님들의 그 가혹한 명령에 따를 수는 없습니다. 문을 닫고, 폐하께서 못 들어오시게 할 뿐 아니라, 이 사나운 폭풍우에 그대로 시달리시도록 하라는 엄명을 받았습니다만, 저는 위험을 무릅쓰고 폐하를 찾아서, 따뜻한 불과 음식이 준비된 곳으로 모시고 가려 합니다.
리어 왕	그 전에 나는 우선 이 학자[78]와 이야기를 좀 해야겠다. 천

---

75 "지옥의 왕자(prince of Darkness)"는 새뮤얼 하스넷의 글에 등장하는 악마의 왕 사탄의 별 명이기도 하다. 여기서 에드거는 자기에게 '붙어 있는' 악마를 가리켜 말한다. 에드거는 글 로스터가 자기에게 말을 걸고 있는 것처럼 고의로 받아들여 대답한다. 지옥의 왕자는 신 사니까 리어의 종자에 어울린다고 말하는 것이다.

76 둘 다 하스넷의 글에 등장하는 악마의 수령 이름. 머프가 지옥의 '총지배자'인데, 호인이 며 모양이 더 좋았기 때문에 모도 밑에 있는 꼴이 되었다 한다. 모도는 '총지휘자'라 불리 고, 둘 다 지옥의 총대장이었다. 또 하스넷의 글에도 대악마가 몇몇 종자들을 데리고 영국 을 방문한 이야기가 나와 있다. 이 근처 '모도', '테베의 학자', '아테네의 학자'로 이어지는 연결에서, 로마의 시인 호레스(기원전 65~8)의 《서한집》의 영향을 인정하는 학자도 있다.

77 눈앞에 있는 에드거를 글로스터가 알아챘다고 하면 지나친 말이 될 것이다. 하지만 전혀 모르고 있다고도 할 수 없다. 이것을 듣는 에드거의 놀라움! 다음 에드거의 대사는 반드 시 추워서만 한 말은 아닐 것이다.

78 황야의 움막에 사는 '분식 없는 인간'으로서의 에드거의 모습이 그리스의 철학자 디오게 네스를 연상시킨 듯. 또 셰익스피어보다 조금 앞선 극작가 존 릴리(John Lyly, 1554~1606)

등의 원인은 무엇이지?[79]

켄트 폐하, 제발 이분의 말씀대로 집 안으로 들어가십시오.

리어 왕 나는 이 박학한 테베의 학자[80]와 이야기를 하고 싶어.

너의 주요 연구 분야[81]는 무엇이냐?

에드거 악마를[82] 앞질러서 해충들[83]을 죽이는 것입니다.

리어 왕 네게[84] 한마디만 비밀히 물어볼 말이 있다.

켄트 꼭 좀 들어가시자고 한 번만 더 권해보십시오.

폐하의 정신이 아무래도 좀 이상해지신 듯합니다.

글로스터 무리도 아니오.

의 〈캠퍼스피〉(Campaspe, 1584년경)에 '철학자가 권장하는' 가난 속에 자적(自適)하는 생활 방식이 그려져 있다. 당시의 사람들에겐 이 근처의 에드거의 모습에서 릴리의 연극을 연상하는 일은 자연스러웠을지도 모른다. 이 연극에는 아리스토텔레스, 플라톤 등이 등장하여 '자연의 원인' 등에 대해 논한다. 아리스토텔레스는 알렉산더 대왕의 궁정 '학자'로 등장하는데, 옛날에는 왕이 그 궁정에 광대와 마찬가지로 학자도 두고 있었다. 리어는 이 제부터 시작되는 그 모의 궁정에 우선 '학자'를 설정하는 것이다.

79 엘리자베스 시대 사람들에게 아리스토텔레스의 '네 가지 원인'에 대한 생각은 이미 익숙했다. 그리고 중세 이래의 교육 방법은 대부분 대화와 문답 방식이었다. 생도는 그 스승에게 모든 걸 물었다. '천둥의 원인' 같은 것은 아주 흔한 물음이었다. "일식, 월식의 원인은 무엇인가?", "달팽이는 왜 집을 갖는가?" 등.

80 그리스 최고 학부의 학자라는 뜻인 듯. 영국 같으면 옥스퍼드, 케임브리지 학자라고 할 만한 대목.

81 원어 "study"에는 첫째, '학문의 연구 분야'와 둘째, '열심히 노력한다'는 두 가지 뜻이 있다. 에드거는 그 뜻을 일부러 두 번째 뜻으로 받는다.

82 잠시 간격을 두고 대답하는 에드거.

83 벼룩, 이, 빈대 등. 그리고 왕의 딸들.

84 에드거는 엉뚱한 대답을 하는데, 마치 훌륭한 대답을 얻은 듯이 진지하게 말을 계속하는 리어. 그 불안정한 정신 상태를 이내 알아채는 켄트. 그런데 리어의 '한마디'란 무엇일까? 해충을 죽이는 방법일까?

딸들이 목숨을 노리고 있으니. 아아, 켄트는 훌륭했소!

그는 이렇게 되리라고 말했지, 가엾게도 추방당했지만!

왕께서 정신이 이상하시다고 당신은 말하지만, 실은

나도 거의 미칠 지경이오. 내게는 자식이 하나 있었소.

지금은 인연을 끊었지만, 그놈이 내 목숨을 노린 것이오.

최근, 아주 최근의 일이오. 나는 그놈을 사랑했소.

나만큼 자식을 사랑한 아비는 아마 또 없었을 게요. 실은

그 슬픔 때문에 나는 미쳐버린 거요.

아, 오늘 밤은 사납기도 하다! 폐하,[85] 제발 ─ .

리어 왕	아,[86] 용서하시오. 학자 선생, 자, 같이 들어가지.
에드거	톰은 추워요.
글로스터	자,[87] 너는 움막으로 들어가서 몸을 녹여.
리어 왕	자, 모두 같이 들어가자.
켄트	이쪽으로 오십시오, 폐하.
리어 왕	아니, 저 사람하고 같이 갈 거야. 나는 잠시도 나의 학자와 떨어지고 싶지 않으니까.
켄트	거스르지 말아주세요. 그 사람을 데려가도록 하십시오.
글로스터	그럼 당신이 데리고 와요.

---

85 이렇게 말하며 글로스터는 리어의 팔을 잡아 에드거와 떼놓으려 한다.

86 약간 화를 내며 뿌리치는 리어.

87 에드거에게 말한다.

켄트	자,[88] 이리 와.[89] 모두 같이 가자.
리어 왕	자, 가자, 아테네의 학자 선생.
글로스터	조용히,[90] 조용히 해요, 쉿![91]
에드거	캄캄한 탑에 젊은 무사[92] 롤랑[93] 다다르니,
	신호[94]는 항상―파이,[95] 포, 펌!
	브리튼 사람[96]의 피 냄새가 코를 찌른다.

(모두 퇴장)

---

88 에드거에게.

89 움막이 아니라, 앞에서 글로스터가 말한 "따뜻한 불과 음식이 준비되어 있는 곳", 즉 글로스터의 성 근처에 있는 집(6장), 또는 성의 일부.

90 다음 장면에 있듯이, 그의 성에는 왕의 딸들이 있다. 그 근처의 장소로 가는 것이므로 행동을 비밀히 해야 한다.

91 "조용히 해요"와 마찬가지로 일행에게 말한 것으로 보아도 좋지만, 여기서는 글로스터 역을 맡은 배우가 극장 안의 관중을 향해서 입술에 손가락을 대고 이렇게 말해도 재미있다.

92 현존하지 않지만, 아마 당시의 민요에서 1행을 따온 것으로 생각되고 있다. "젊은 무사"의 원문은 'child'인데, 정식 기사가 되기 전의 견습 기사(squire)를 가리킴.

93 유명한 중세 프랑스의 무훈시(武勳詩) 〈롤랑의 노래〉의 주인공. 샤를마뉴 대왕(742~814)의 조카.

94 이것은 앞 행의 계속이 아니라, 에드거 자신의 코멘트. "신호"는 "word"인데, 앞의 "조용히 (no words)"에 대응한 것일 듯.

95 이하 '……코를 찌른다'까지는 '신호……'와 관계없다. 이것은 당시 사람들이 잘 알던, 〈거인 죽인 잭〉이라는 이야기에 나오는 거인의 대사.'파이, 포, 펌!'은 경멸, 혐오를 나타낸다.

96 원래의 이야기로는 '영국인'이지만, 리어의 이야기는 브리튼 시대이기 때문에 셰익스피어가 '브리튼 사람'으로 했다. 요컨대 이 노래는 이제 집으로 들어가려는 에드거가 젊은 무사 롤랑의 노래 등에 의탁해서 그때의 기분을 말한 것이다. 탑―거인의 탑―그 속에서는 브리튼 사람의 피 냄새가 나고…… 자기 혈족의 피 냄새가 코를 찌를지도 모른다.

5장
글로스터의 저택

콘월과 에드먼드 등장.

콘월 이 집을 떠나기 전에 나는 반드시 원수를 갚을 테다.

에드먼드 아비를 버리면서까지 이렇게 충성을 다했다고,[97] 얼마나 제가 세상의 비난을 받을까, 그것을 생각만 해도 두려워집니다.

콘월 이제 생각해보니, 너의 형 에드거가 너의 아버지를 죽이려고 한 것은 반드시 그의 극악한 성질뿐 아니라, 행동적인[98] 하나의 장점이기도 했다는 것을 알겠다. 그것이 그 자신에 내재하여 가증스런 악행[99]을 저지른 것이다.

---

97 콘월에게 대해서.

98 이하를 글로스터의 일로 생각하여, '타인에게 살의를 일으키게 할 극악한 악업(惡業)이 자기 자신(글로스터)에게 있었던 것이다'라고 해석하는 학자도 있다. 여기서는 문맥으로 보아 에드거 자신의 일로 해석한다.

99 설사 아비가 나쁘더라도, 아비를 죽인다는, 예사 사람으로서는 감히 할 수도 없는 악업.

에드먼드	저는 제가 불운하다고 생각합니다, 올바른 일[100]을 하면서도 뉘우쳐야 하다니, 이것이 아버님께서 말씀하시던 편지입니다. 이걸 보시면, 프랑스군의 이익을 위해서 저의 부친께서 프랑스의 스파이가 되셨다는 것을 아실 수가 있습니다. 아, 하느님이여, 이러한 반역이 없고, 또 내가 그 밀고자가 아니었더라면 좋았을 것을!
콘월	나와 같이 아내한테로 가자.
에드먼드	만약 이 편지의 내용이 사실이라면, 정말 큰일을 해치워야겠군요.
콘월	사실 여부는 여하간, 이제 너는 글로스터 백작이 되었다. 즉시 체포하게, 네 부친이 어디 있는지 찾아내라.
에드먼드	(방백) 아버지가 왕을 방조하는 현장을 발견한다면, 혐의는 더욱 굳어질 것이다. (콘월에게) 저는 끝까지 충성의 길을 밟겠습니다, 비록 그것이 효도의 길과 아무리 심한 마찰을 일으킬지라도.
콘월	나는 너를 믿는다. 부친 이상으로 내가 사랑해줄 것이다.

(두 사람 퇴장)

---

100 부친의 반역을 밝힌 일.

6장
글로스터 저택에 인접한 농가의 한 방[101]

글로스터, 켄트 등장.

글로스터 이래도 바깥보다는 나으니, 고맙게 생각해요. 될 수 있는
대로 힘을 써서 왕을 위로해드립시다. 곧 돌아오겠소.

켄트 왕의 정신력은 자제할 힘을 잃어버리셨습니다. 백작님께
서 그렇게 친절하시니 하느님께서 복 주시기를!

(글로스터 퇴장)

리어, 에드거, 광대 등장.

에드거 프라테레토[102]가 나를 부르고 있어. 폭군 네로가 지옥의

---

101 또는 글로스터 저택의 한 방(중앙부에서 떨어진).

102 이것도 하스넷이 언급한 악마 이름. 3막 4장 참조.

호수에서 낚시질을 하고 있다는군.[103] 이봐,[104] 기도를 해서 무서운 악마가 붙지 못하도록 조심해요.

광대 아저씨, 가르쳐줘요, 미치광이[105]는 신사인지 향사(鄕士)[106]인지?

리어 왕 국왕이야, 국왕?

광대 아냐, 신사가 된 아들을 둔 향사야. 왜냐하면 저보다 제 아들이 먼저 신사가 된 향사는 미치광이라고 하지 않아?

리어 왕 몇천 마리의 악마들이 새빨갛게 단 쇠꼬챙이를 가지고[107] 그것들한테 덤볐으면 ―.

에드거 무서운 악마가 내 등을 물어뜯어요.

광대 이리를 길들이는 일, 튼튼한 말,[108] 소년의 사랑,[109] 그리고

---

103 하스넷의 글에 악사가 '지옥의 호수'에서 지옥의 음악을 연주하는 이야기가 있는데, 셰익스피어는 거기에서 힌트를 얻은 모양이다. "네로가 낚시질을 하고 있다"는 초서의 글(《켄터베리 이야기》)에서 따온 것으로 생각되고 있다. 폭군 네로는 어머니를 죽이고, 에드거는 아버지를 죽이려 했다는 혐의를 받고 있다……. 이것도 에드거의 의식에 있을지 모른다.

104 광대에게.

105 이하의 수수께끼 문답에서 광대는 리어에게 바른 대답을 기대하는 것은 아니다. 요는 다음의 "……믿는 놈은 미치광이야"(딸들을 믿은 당신이 미치광이야)의 포인트로 몰고 가기 위한 것이다.

106 자기 재산은 소유하지만, 신사의 계급에는 아직 이르지 못한 사람(young man). 곁들여 말하자면 셰익스피어 부자는 1596년, 동시에 '신사'가 되었다!

107 하스넷에 이와 유사한 악마 떼의 묘사가 있다.

108 옛날, 말은 건강상 문제가 많아, 말 장수의 말만 믿고 사면 크게 욕을 보았다.

109 봄날의 제비꽃처럼 허무한 것.

갈보의 맹세 등을 믿는 놈은 미치광이이야.[110]

리어 왕 그렇게 하고야 말 테다. 그년들을 즉시 법정으로 소환해
라.[111]

(에드거에게) 자, 여기 앉아라, 박학다식한 재판관 각하.

(광대에게) 현명한 분 너는 여기 앉고. 그런데 이 암여우들
[112]아!

에드거 저[113] 봐요, 저놈이 서서 노려보고 있어! 부인,[114] 방청인이
필요하오?

내를[115] 건너오너라, 귀여운 베시…….

(노래한다)

광대 그[116] 보트는 물이 새지만,

그대에게 왜 못 가나

여자이기 때문에 말 못 한다오.

에드거 무서운 악마가 나이팅게일 소리를 내며 가엾은 톰에게 붙

---

110 〔리어에게〕당신도 딸들을 믿었으니, 그 이상 가는 미치광이야.

111 여기서 리어는 "몇천 마리의 악마들이……"라고 한 무력의 복수를 중지하고, 사건을 법
정에 제기할 결심을 한다. 리어는 이미 혼란 상태에 있다. 이하는 이른바 '모의 법정 장
면'으로 이 작품에서 가장 처참한 장면이다.

112 물론 딸들.

113 악마.

114 고너릴과 리건에게 말을 걸고 있는 셈으로, '악마가 있으니, 이제 방청인은 충분하지 않
소?'

115 당시 노래의 1절. 에드거는 손짓을 하면서 고너릴, 리건에게 말하는 셈으로 노래한다.

116 광대의 즉흥작.

어다녀요. 홉던스[117]가 톰의 배 속에서 흰 청어[118]를 두 마리 달라고 꾸룩꾸룩[119] 소리를 치고 있어요. 짖지 마라, 지옥의 천사[120]야! 네게 줄 먹이 따위는 없단다.

켄트 왜 그러십니까, 폐하? 그렇게 멍하니 서 계시지 말고, 드러누워 자리에서 좀 쉬지 않으시겠어요?

리어 왕 우선 그년들의 재판을 끝내버리자. 그년들을 탄핵할 증인을 불러라.

(에드거에게) 법관복[121]을 입은 재판관님, 자리에 앉아요.

(광대에게) 또 형평[122]을 이루는 재판 동료인 귀하는 그 옆의 판사석에 앉게.

(켄트에게) 귀공은 특명 판사[123]니, 귀공도 참석하게.

에드거 공정한[124] 재판을 합시다.

즐거운 양치기야, 잠들지 마라,

양 떼가 보리밭 휘젓고 있다.

---

117 하스넷에 나오는 악마 이름.

118 흰 청어는 신선한 청어를 가리킴. 상품(上品)에 속하는 음식이었던 모양.

119 공복이 되면 배가 꾸룩꾸룩 소리를 내는 것인데, 하스넷 등에 의하면 여성의 배는 특히 단식 때에 꾸룩꾸룩 소리를 내며, 이것은 악마가 있기 때문이라고 생각되었다!

120 밀턴의 《실락원》에도 있듯이, 지옥(암흑)의 악마들은 신과 싸워 지옥으로 떨어지기 전에는 고위 천사였다.

121 에드거는 모포 한 장을 걸치고 있는 것이다!

122 여기에 영국의 재판 조직, 형평법 재판에 대한 언급이 있다고 생각하는 학자도 있다.

123 국새(國璽)에 의한 왕의 특명 재판관.

124 에드거는 이렇게 말하며 엄숙히 시작하지만, 일전(一轉)하여 옛 목가(牧歌)의 일부를 읊고, 이어 회색 고양이 모습을 한 악마를 본 것처럼 "……회색빛이다!" 하고 외친다.

네 입으로 휘파람 한 번 불면,

양 떼는 아무 탈 없으련만.

야옹![125] 이놈의 고양이는 회색빛이다![126]

리어 왕 그년을 먼저 소환해, 고너릴 말이야. 나는 이 영예로운 분들 앞에서 선서합니다만, 저년은 무참하게도 제 부친 되는 국왕을 발길로 찼습니다.

광대 앞으로 나오시오. 당신 이름은 고너릴이오?

리어 왕 부정은 못 할 거야.

광대 아, 실례했소. 나는 당신을 고급 의자로만 알았소.[127]

리어 왕 여기 또 한 년 있는데, 그 찌그러진 낯짝을 보면, 심장이 무엇으로 되어 있는지 이내 알 수 있지. 그년을 붙들어라![128] 무기를, 칼로 쳐라! 이런데도 뇌물이 있나![129] 부정한 재판관아! 왜 그년을 법정에서 달아나게 했어?

에드거 아, 정신을 똑바로 차리세요!

켄트 아아, 비통한 일! 자제심은 어디로 갔습니까? 자제심만은 잃지 않는다고 말씀하시고서?

에드거 (방백) 너무도 애처로워 눈물이 쏟아지네.

---

125 원문은 "purr"인데, 하스넷에 그런 이름의 악마가 나와 있다. 하지만 고양이의 '야옹' 하는 울음소리인지도 모른다.

126 《맥베스》1막 1장 '그레멀킨' 참조.

127 당시 사람이 있는 것을 알아보지 못했을 때에 그 실례를 나타내는 말로 이런 표현을 썼다.

128 정신착란을 일으킨 리어는 리건이 달아나는 것으로 생각하는 것이다.

129 리건이 달아나는 것은, 법정에서 재판관에게 뇌물을 주었기 때문이라고 생각한다.

그년을 먼저 소환해. 고너릴 말이야.
나는 이 영예로운 분들 앞에서 선서합니다만,
저년은 무참하게도 제 부친 되는 국왕을 발길로 찼습니다.
― 3막 6장

이래선 내 위장(僞裝)도 탄로나겠다.

리어 왕 이 강아지들을 좀 보게, 트레이[130]도, 프렌치도, 스위트 하트도, 모두 나를 보고 짖어대고 있어.

에드거 톰이 이 머리를 던져서[131] 들개들을 쫓겠소. 가버려, 이 들개들아!

네 입이 희든 검든

물면 이빨에서 독이 나온다.

무서운[132] 맹견, 그레이하운드, 잡종 개,

사냥개 또는 스파니엘, 암캐 또는 탐정 개,

꽁지 자른 놈이나 높이 말아 올린 놈이나

톰은 깽깽 울려줄 테다.

그놈들에게 톰의 머리 집어 던지니, 모든 게 담 넘어 달아났소.

덜, 덜, 덜. 자! 밤샘하는 잔칫집으로, 장터로, 거리로 나가자.[133] 가엾은 톰아, 네 쇠뿔은 텅 비었다.[134]

---

130 모두 개 이름.

131 원문 "throw his head". 다음 노래에도 나오는데, 여러 가지로 해석된다. 첫째, 에드거는 당시의 베드럼 거지들이 흔히 그랬듯이 목에 커다란 쇠뿔(피리)을 매달고 있었다(구걸할 때 그걸 불었다). 그걸 내던졌다. 둘째, 에드거는 그 뿔을 머리에 달고, 소 흉내를 내면서 개를 쫓았다. 하지만 유명한 길 굿의 1950년 연출에서, 에드거는 제 머리를 어깨에서 들어 올리는 시늉을 했다 한다!

132 《맥베스》3막 1장 참조. 제임스 왕은 개를 무척 좋아했다!

133 거지는 사람들이 모이는 데가 아니면 벌이가 안 된다.

134 베드럼의 거지는 마실 것을 구걸하여 뿔 속에 받았다. 그것이 텅 비어버렸다. 이 비참한 역할도 이제 더는 계속할 수 없다는 에드거의 기분도 포함되어 있을 것이다.

리어 왕　다음에는 리건을 해부해, 그년의 심장에 무엇이 나 있나 살펴보자. 자연에는 이런 냉혹한 심장을 만드는 무슨 요인이 있을까? (에드거에게) 나는 너를 내 백 명의 종자 속에 끼워주겠다. 다만 네 옷 모양이 마음에 안 들어. 페르시아풍이라고[135] 할 테지만, 그런 옷은 갈아입어야 해.

켄트　자, 폐하, 여기 드러누워 잠깐 쉬십시오.

리어 왕　조용히 해라, 조용히 해라. 커튼을 처. 그래, 그래 됐어. 저녁은 아침에 먹자.[136]

광대　그럼 나는 점심때에 자러 갈 테야.[137]

글로스터 다시 등장.

글로스터　이리 좀 와요. 우리 국왕은 어디 계시오?

---

135 로마의 시인 호라티우스의 〈송시(頌詩)〉에 "나는 페르시아풍의 사치를 좋아하지 않는다"고 있으며, 이 근처의 포인트가 되어 있다. 호라티우스의 이 시는 당시 약간이라도 교육을 받은 사람이면 누구나 알고 있었던 것이라 한다.

136 밖에서는 사나운 폭풍우가 불어 닥치고 있다. 미쳐버린 리어의 뇌리에 떠오르는 것은, 자기 방에서의 조용한 수면—잠시 쉬려고 하는 리어—저녁은 아직 안 먹었다……. 저녁은 아침에 먹기로 하자……. 이리하여 이 처참한 시인은 종말에 가까워진다. 그리고 광대는 다음 대사를 마지막으로 영구히 이 극에서 모습을 감춘다.

137 "And I'll go to bed at noon." 이로써 영구히 모습을 감추는 광대에게는 'bed'가 'grave(무덤)'일지도 모른다. 지금까지의 전도적인 사태를 리어에게 강조함으로써 사실의 진상을 전달, 리어를 각성시키려고 계속 노력한 리어의 스승 광대는, 리어가 완전히 미쳐버린 지금에 와서는 할 일이 없다. "저녁을 아침에……"의 전도된 논리는 이미 리어가 광대의 몫을 빼앗아버렸다고도 할 수 있다. 아무튼 광대는 이제 사라질 수밖에 없다. 이 1행에 여러 가지로 철학적 의미를 생각하는 학자도 있다.

켄트   여기 계십니다. 하지만 그대로 두십시오. 왕은 올바른 정
         신을 잃으셨습니다.

글로스터 여보, 제발 왕을 안아 일으켜주오.

         실은[138] 국왕의 목숨을 노리는 음모가 있다는 소문을 들
         었소.

         들것이 준비되어 있으니, 왕을 거기에 눕혀,

         도버까지 모셔주오.

         거기서는 마음으로부터의 환영과

         정중한 보호를 받을 것이오. 왕을 안아 일으켜주오.

         만약 당신이 반시간만 지체를 해도 왕의 목숨은 물론,

         당신의 목숨이나 왕을 보호하려는 모든 사람의 목숨까지
         도

         잃을 것은 틀림없소.

         자, 안아 일으켜요, 안아 일으켜요.

         그리고 나를 따라오면, 당신을 곧 도중에 필요한 물건이

         있는 곳으로 안내하겠소.

켄트   피로하여[139] 잠이 드셨군.

         이렇게 쉬시면 마멸(磨滅)된 신경이 치유되실 테지.

         하지만 이것도 사정이 허락되지 않으면 회복이

         어려운 거야. (광대에게) 자, 너도 거들어, 왕을 안아서 일으

---

138 3막 4장 참조.

139 《리처드 3세》 1막 4장 이하 참조.

키게.

너도 뒤에 처지지 마라.

글로스터　자, 가자, 가자.

　　　　　　　　　(글로스터, 켄트, 광대, 리어를 안아 일으켜 퇴장)

에드거　우리보다 높은 분들이 우리와 같은 고통을 짊어지고 계
시는 것을 보면,

자신의 불행 따위는 원수같이 생각할 수도 없구나.

세상의 즐거운 일이나 행복한 광경을 뒤로 하고,

혼자서 괴로워하는 사람이, 마음의 고통은 가장 심한 것
이다.

하지만 슬픔에 동료가 있고, 괴로움에 벗이 있다면,

우리의 마음은 많은 고통을 뛰어넘을 수 있을 것이다.

이제 나의 고통은 가볍고, 견디기 쉽게 보이는구나.

나는 그저 약간 머리를 숙이면 되지만,

왕은 몸을 굽히고 계시니까.

왕은 딸들 때문에, 나는 아버지 때문에! 톰, 가자!

위에서 들려오는 불협화음에 귀를 기울여라. 그리고 너의
정체를 밝혀라.

너의 명예를 더럽힌 허위가 폭로되어,

너의 정당성이 입증되고, 부자간의 화해가 이루어지게 되
거든.

오늘 밤에 이 이상 무슨 일이 일어나든 간에 왕께서 무사

히 탈출하시길!

숨자, 숨자.

(퇴장)

7장

글로스터의 저택

콘월, 리건, 고너릴, 에드먼드, 하인들 등장.

콘월 (고너릴에게) 올버니 공작에게 급히 돌아가셔서 이 편지를
보이시오.[140] 프랑스군이 상륙했습니다. (하인에게) 모반자
글로스터를 찾아와라.

(하인 몇 사람 퇴장)

리건 당장 목매어 죽여요.[141]

고너릴 두 눈을 도려내요.

콘월 그놈의 처치는 내게 맡겨요. 에드먼드, 당신은 올버니 공
작부인을 모시고 가오. 모반자인 당신의 부친에게 우리는
복수를 할 텐데, 당신이 보아서는 안 되오. 올버니 공작한
테 가거든 시급히 전투 준비를 하시라고 그래요. 전쟁을

---

140 3막 5장 참조.

141 앞의 콘월의 대사와 마찬가지로, 앞뒤의 연결 없이 툭 튀어 나오는 말투가 이 근처 대사
의 특징.

피할 수 없으니까. 금후 이쪽에서 빠른 사자를 내어 정보를 교환하도록 하겠소. 잘 가시오, 처형. 잘 부탁하오, 글로스터 백작.[142]

오스왈드 등장.

어찌 되었소? 국왕은 어디 계시오?

오스왈드 글로스터 백작[143]께서 왕을 모시고 갔습니다.
왕의 종자들인 삼십오륙 명의 기사들이 왕을 찾아,
필사적으로 왕을 뒤쫓아 와서, 대문 근처에서 만났는데,
다시 글로스터 백작의 시종 약간 명과 합류하여,
왕을 모시고 도버로 가버렸습니다. 그쪽에는,
군비를 갖춘 우군이 있다고 호언하고 있습니다.

콘월 공작부인이 타실 말을 준비해라.

고너릴 그럼 실례합니다. 공작님. 너도 잘 있거라.

콘월 에드먼드, 다녀와요.

(고너릴, 에드먼드, 오스왈드 퇴장)

모반자 글로스터를 찾아와.
도둑놈처럼 뒤로 결박해서 이리로 데리고 와.

(다른 하인들 등장)

---

142 에드먼드.

143 부친 쪽. 앞의 '글로스터 백작(에드먼드)'과의 대조가 강렬하다.

재판 형식도 밟지 않고 그놈에게 선고를 내리는 것은,

부당한 줄 알지만, 화나는 김에,

만부득이 권력을 행사하지 않을 수 없었다면,

남들이 비난을 할지 몰라도 간섭하지는 못할 테지, 누구

냐? 모반자냐?

글로스터가 하인들에게 연행되어 등장.

리건	배은망덕한 여우 놈아! 저놈이군.
콘월	그놈의 말라비틀어진 팔을 꼭 묶어라.
글로스터	이게 무슨 짓입니까? 잘 생각해보십시오.
	두 분께서는 저의 손님이십니다. 제게 무도한 짓은 삼가
	주세요.
콘월	그놈을 결박하래도.

(하인들이 그를 결박한다)

리건	단단히, 단단히 묶어요. 이 더러운 모반자!
글로스터	부인은 무자비한 분이지만, 나는 그런 모반자가 아니오.
콘월	이 의자에다 묶어놔. 이 악한아, 맛 좀 봐라 ─.

(리건이 글로스터의 수염을 잡아 뽑는다)

글로스터	하느님 맙소사! 세상에 이런 치욕은 없소,
	나의[144] 수염을 잡아 뽑다니!

---

144 잡아 뽑으면서 리건이 흰 수염을 바라보는 동작.

리건	그래, 수염은 이렇게 흰 자가 배포는 그렇게 시커매?
글로스터	부인은 잔혹한 분이오!
	당신이 내 턱에서 함부로 뽑아내는 수염 하나하나는,
	다시 살아나 당신의 죄를 탄핵할 것이오. 나는 여러분을
	환대하는 주인이오.
	그 주인의 얼굴에 도둑 같은 손으로 이런 짓을 자행해선
	절대로 안 되오. 대체 어쩌실 셈입니까?
콘월	이봐, 최근 프랑스에서 무슨 편지를 받았지?
리건	솔직히 자백해. 진상을 알고 있으니.
콘월	요새 왕국에 상륙한 모반자들과 결탁하여
	무슨 음모를 꾸몄지?
리건	그놈들한테 그 미치광이 왕을 넘겼지? 자, 말해.
글로스터	추측에 불과한 편지를 한 통 받았습니다.
	하지만 그것은 어느 편에도 속하지 않는 중립적 입장을
	취하는 사람한테서 온 것이지,
	결코 적 편에서 온 것이 아닙니다.
콘월	교활하군.
리건	거짓말이야.
콘월	대체 왕을 어디로 보냈지?
글로스터	도버에.
리건	왜 도버에 보냈어? 너는 엄명을 받았을 텐데, 역하면 —.
콘월	왜 도버에 보냈어? 그걸 먼저 대답해라.

글로스터 말뚝에 매인 곰[145]꼴이 되었으니, 개 떼의 공격을 견디는 수밖에 없구나.

리건 왜 도버에 보냈어?

글로스터 왜냐하면, 나는 차마 볼 수 없었기 때문이다.

너의 그 잔인한 손톱이 불쌍하고 늙은 왕의 두 눈을 도려 내는 것을,

또 악독한 네 형의 산돼지 같은 어금니가 성스런 국왕의 옥체를 할퀴는 것을.

왕께서 맨머리로, 지옥같이 어두운 밤에,

그 심한 폭풍우를 다 맞으셨을 때는 대해(大海)의 노도(怒 濤)도 충천하여,

별의 광채를 꺼버렸을 것이다.

하지만 가엾으시게도 노왕께서는 하늘을 향해 비를 내리 라고 말씀하셨다.

그렇게 무서운 시각이라면, 설사 이리가 너의 집 문 앞에 서 짖어댄다 하더라도,

너는 문지기에게 문을 열어주게 하고 말했을 것이다.

다른 일은 접어두더라도, 이 일 하나만으로도,

날개 달린 복수의 여신이 그런 불효자식들을 습격하는 것을 나는 꼭 보게 될 것이다.

---

145 '곰 놀이'는 당시 인기 있던 여흥. 곰을 말뚝에 매어두고, 주위에서 많은 개들이 덤비게 하는 놀이.

콘월 그걸 절대로 못 보게 해줄 테다. 이봐라, 그 의자를 꽉 붙잡고 있어라.

(하인들에게)

네놈의 눈깔을 내 발로 짓밟아주겠다.

(글로스터의 한쪽 눈을 도려내어 발로 짓밟는다)

글로스터 오래 살기를 바라는 사람들이 있거든,

나를 좀 도와다오! 아아, 잔인도 하지! 아아, 신들이여!

리건 한쪽 눈이 또 한쪽을 비웃겠지.

이왕이면 다른 쪽 눈도 마저 빼버려요.

콘월 복수의 여신을 보려거든—.

하인 1 공작님 그러지 마십시오.

저는 어려서부터 쭉 공작님을 모셔왔습니다만,

지금 그러지 마시라고 말씀드리는 것이

가장 큰 충성이옵니다.

리건 뭐라고, 이 개 같은 놈!

하인 1 당신 턱에 수염이 나 있다면,

나는 당신 수염을 잡아 뽑고 말았을 거요.

리건 뭐라고?

콘월 이 악한아!

(두 사람 칼을 빼고 싸운다)

하인 1 자, 그럼 덤벼라, 의분(義憤)의 칼을 받아봐!

(싸운다. 콘월, 손에 상처를 입는다)

리건   (다른 하인에게) 네 칼을 좀 줘. 농사꾼 주제에 대들어!

(한 하인의 칼을 받아들고, 하인 1을 등뒤에서 찌른다)

하인 1   아, 나는 죽는구나? 백작님, 아직 한쪽 눈이 남았으니 보십시오.

저자한테 저렇게 상처를 입혔습니다.

아아?

(죽는다)

콘월   다시 못 보도록 선수를 치자. 나와라, 더러운 젤리?[146] 자, 아직도 빛이 보이느냐?[147]

글로스터 모두가 칠흑같이 어둡고, 위안을 주는 것은 하나도 없구나. 내 아들은 어디 갔을까,

에드먼드는? 에드먼드야, 온갖 효성의 불길을 다 일으켜서,

이 무서운 소행의 복수를 해다오.

리건   짐승 같은 놈, 이 배은망덕한 악한아!

네가 도움을 청하는 그 사람은 너를 미워하고 있어.

실은 에드먼드란 말이다,

너의 모반을 우리에게 폭로해준 것은.

누가[148] 너 따위를 동정할 줄 아느냐?

---

146 물론 눈을 가리킴.

147 잔학하기 이를 데 없는 콘월의 대사—나머지 한쪽 눈도 도려내진 글로스터의 암중모색하는 동작.《리어 왕》의 비극도 절정에 이르렀다는 느낌.

148 글로스터가 놀라는 동작.

글로스터	아아, 내가 어리석었구나![149]
	그러면 에드거는 모략에 걸렸구나!
	자비로운 신들이여, 저를 용서해주시고,
	에드거에게 행운을 베풀어주옵소서!
리건	자, 이놈을 문 밖으로 끌어내어, 도버까지
	코로 냄새를 맡아서 가게 해.

(하인 한 사람 글로스터를 데리고 퇴장)

당신, 왜 그러세요? 얼굴빛이 왜 그래요?

콘월	손에 상처를 입었소. 나를 따라오오.
	저 눈먼 악한을 쫓아내. 이 노예 놈은
	분뇨 통에 던져버려. 리건, 출혈이 심하오.
	나쁜 때에 상처를 입었소. 나를 좀 부축해요.

(리건의 부축을 받으며 콘월 퇴장)

하인 2	나는 아무리 나쁜 짓이든 태연히 해치우겠다,
	이 따위 인간이 잘된다면.
하인 3	만약 저 여자가 오래 살아서,
	끝에 가서 와석종신(臥席終身)을 하게 된다면,
	여자들은 모두 괴물이 되어[150] 무슨 짓이든 다 할걸.
하인 2	노(老) 백작님을 쫓아가세.

---

149 글로스터는 육체의 눈을 잃음으로써 겨우 진상을 알고 마음의 눈으로 볼 수 있게 되었다!

150 1막 2장 참조. 신의 복수를 두려워하지 않아도 되니까.

그래서 어디로 가시든, 손을 잡고 안내해줄 베드럼의 거

지를 찾아보세.

그놈은 떠돌이 거지니,

부탁하면 무슨 일이든 들어주겠지.

하인 3   그렇게 하게.

나는 백작님의 피투성이 얼굴에 발라드릴 아마포와 달걀

흰자[151]를 구해 오겠네.

아아, 하늘이여, 제발 그분을 도와주소서!

(두 사람, 좌우로 퇴장)

---

151 달걀 흰자를 아마포에 바른 것. 당시 눈에 좋다고 생각되었다.

4막

1장

황야[1]

에드거 등장.

에드거 이런 모양으로[2] 드러내놓고 경멸당하는 편이
은근히 경멸당하면서도 남이 아첨하기 때문에 속는 것[3]
보다는 그래도 나을 것이다. 밑바닥에 떨어져,
운명의 여신에게 버림을 받고, 최저의 경애에 빠지면,
남는 것은 희망뿐, 공포는 사라져버리는 법이지.
슬픈 변화란 절정에서 떨어지는 일이야.
최악의 사태에 이르면 항상 돌아가는 곳은 웃음이 아닌
가. 그렇다면 기꺼이 맞이하겠다. 보이지 않는 바람이여.
나는 너를 이 가슴에 껴안겠다.

---

1 앞의 장면과 같은 날, 계속해서.
2 베드럼의 거지라는 모양으로. 이하 9행은, 잇달아 일어나는 일을 생각하며 한 아이러니컬
한 말.
3 궁정 같은 데서 보통 그렇듯이.

최악의 사태에 이르면 항상 돌아가는 곳은 웃음이 아닌가.
그렇다면 기꺼이 맞이하겠다. 보이지 않는 바람이여.
나는 너를 이 가슴에 껴안겠다.
— 4막 1장

네 덕분에 밑바닥까지 불려갔지만,

이제 네 폭풍우 따위는 두렵지 않다. 그런데 이리로 오는

것은 누굴까?

글로스터가 한 노인에 이끌려 등장.

애처롭게도 남에게 끌려오시는 아버님이 아니신가? 아,

이 무슨 세상인가?

이 세상의 뜻하지 않은 유위전변(有爲轉變)을 대하면 그만

싫증이 나서,

오래 살고픈 마음도 없어져버린다.

노인 아아, 백작님!

저는 백작님 집안 가신으로서 선대 때부터

이미 80여 년 동안 섬겨왔습니다.

글로스터 자, 이제 돌아가! 제발 좀 돌아가!

자네 호의는 고맙지만 내게는 소용이 없어.

도리어 자네 몸에 해가 돌아올 거야.

노인 하지만 길을 못 보시는데요.

글로스터 나는 갈 길이 없어. 그러니 눈이 필요 없어.

눈이[4] 보일 때는 넘어지기도 했지. 우리가 흔히 보는 사실

---

4 많은 비평가들이 지적하듯이, 이 문장이야말로 《리어 왕》 전체 비극의 패러독스를 보여주
어 절묘하다.

이야. 편리한 수단이 있으면 오히려 방심을 하지만, 없어
지면 도리어 강해지지.

아아! 아들 에드거야!

너는 속아 넘어간 네 아비의 노여움의 희생이 되었구나!

만일 살아서 네 몸을 만져볼[5] 수 있다면,

나는 다시 눈을 회복했다고 말할 수 있을 것이다.

노인 이봐![6] 누구냐, 거기 있는 것은?

에드거 (방백) 아아, 신들이여! "내가 제일 밑바닥에 떨어져 있다"
고 누가 말할 수 있을까?

이건 더욱 비참하다.

노인 가여운 미치광이로구나.

에드거 (방백) 더욱 비참해질지도 몰라.

"이게 밑바닥"이라고 말할 수 있는 동안은 결코 밑바닥이
아닌 것이다.

노인 이봐, 어딜 가는 거야?

글로스터 그놈은 거진가?

노인 미치광이인 데다 또 거지올시다.

글로스터 그러면 얼마간 제정신이 있겠지. 그렇지 않으면 구걸할
수도 없을 테니까.

---

5 원문은 "to see thee in my touch", '눈이 없는 지금은 눈으로 볼 수 없지만, 손으로 만짐으
로써 본다'는 뜻이다. 글로스터의 마음의 개안(開眼).

6 에드거를 알아채는 노인의 동작.

어젯밤 폭풍우가 몰아칠 때 나는 그런 놈을 보았는데,

그때 인간이란 구더기 같은 것이라고 생각했지.

그리고 자식 놈 생각이 머리에 떠올랐어.

하지만 내 마음은, 그때엔 아직 용서할 수 없었다. 그 뒤

에 여러 가지 소문을 들었지.

신들이 우리 인간을 대하는 것은 마치 장난꾸러기 아이들

이 벌레를 대하는 것과 같아[7]

신들은 우리 인간을 반 장난 기분으로 죽여버리시지.

에드거 (방백) 어째서 이렇게 되었을까?[8] 가슴 아픈 일이다,

애처로운 분[9]을 향해 광대 역할을 해야 하다니, 자기 자신

은 물론, 다른 사람들까지 괴롭혀가면서.

(글로스터에게) 안녕하십니까, 영감님!

글로스터 그렇게 말하는 놈이 그 벌거벗은 놈인가?

노인 그렇습니다.

글로스터 그러면 자네는 이제 돌아가게. 만약 나를 위해서,

여기서부터 1킬로미터나 2킬로미터쯤, 도버로 가는 길을,

---

7 시드니(Sir philip Sidney, 1554~86)의 《아카디아(Arcadia)》나 몽테뉴(Montaigne, 1533~92) 등에
서 이런 표현의 힌트를 얻었다고 생각하는 학자도 있다. 《리어 왕》의 페시미즘(pessimism)
을 대표하는 듯한 말이지만, 이것이 이 작품 전체의 주제라고 결론짓는 것은 지나친 속단
일 듯.

8 첫째, '어째서 아버지는 나를 용서하게 되셨을까?' 둘째, '어째서 아버지는 눈을 잃으셨을
까?' 셋째, '어째서 아버지는 이렇게 비관적인 말을 하고 계실까?' 여러 가지로 해석할 수
있을 것이다.

9 물론 아버지 글로스터를 가리킴.

우리 뒤를 따라올 친절심이 있다면, 옛 정의로 부탁이 있네.

이 벌거벗은 자가 몸에 걸칠 것을 좀 갖다 주게.

나는 이자에게 길을 안내해달라고 할 테니까.

노인 하지만 백작님, 이 사람은 미치광이입니다!

글로스터 이 세상이 나쁜 거야, 미치광이가 장님 길잡이 노릇을 한다는 것도.[10]

내 말대로 해주게. 그렇지 않으면[11] 마음대로 해.

아무튼 돌아가게.

노인 저의 옷 중에서 제일 좋은 것을 가져오겠습니다.

그 때문에 무슨 일이 일어나든 상관없습니다.

(퇴장)

글로스터 야, 거기 있는 벌거숭이야 —.

에드거 가엾은 톰은 추워요.

(방백) 이 이상은 숨길 수도 없을 것 같구나.

글로스터 자, 이리 와.

에드거 (방백) 하지만 속이지 않으면 안 돼. 아아, 애처롭게도 두 눈에서 피가 흐르고 있어.[12]

---

10 글로스터의 감회는 마침내 격언적인 일반론으로 달린다. 미치광이는 위정자고 장님은 일반 대중인가.

11 생각해보면, 글로스터는 이제 명령할 수 있는 위치에 있지 않은 것이다.

12 여기서 에드거는 모든 실태를 똑똑히 본다.

글로스터　도버로 가는 길을 알고 있니?

에드거　담장이나, 문이나, 말 가는 길이나, 사람 다니는 길이나 다 알고 있습니다.

가엾은 톰은 악마에게 놀라서 제정신을 잃어버렸어요.

제발 대가 집 자제님, 무서운 악마가 달라붙지 않도록 조심하세요!

가엾은 톰에게는 한꺼번에 악마가 다섯 마리나 달라붙었어요.

음란한 악마 오비디케트, 벙어리 악마 호비디던스, 도둑의 악마 머프, 살인의 악마 모도, 찌푸린 얼굴의 악마 푸리버티 지베트, 그런데 그 후 이놈들은 내게서 떠나 궁중의 시녀들한테 달라붙었으니, 조심하세요, 영감님!

글로스터　자, 이 지갑을 받아라, 너는 하늘의 재앙을 받았기 때문에, 어떤 운명의 제재도 말없이 견디게 된 놈이야.

내가 무참하다는 건, 그만큼 너를 행복하게 할 테지.

하늘이여, 늘 그렇게 처리해주소서! 호의호식하며,

하늘의 섭리를 멸시하고, 몸소 경험하지 않았다 하여

쓰라림을 맛보려고 하지 않는 도배들로 하여금 당신의

힘을 빨리 느끼도록 하여주소서!

그러면 하늘의 뜻은 과잉 분배를 수정하고, 각자는 넉넉히 갖게 될 것이다.

너, 도버로 가는 길을 아니?

에드거   네, 압니다.

글로스터   거기엔 단애(斷崖)가 있다. 까맣게 솟은 절정이 무섭게 뻗어 나와

좁은 해협을 내려다보고 있으니,

나를 그 절벽의 가장자리까지만 데려다다오.[13]

그러면 네가 짊어진 그 불행을 다소간 제거해줄 것이다,

내 몸에 지닌 값나가는 물건들로. 거기서부터는 안내할

필요가 없다.

에드거   그럼 팔을 주십시오.

가엾은 톰이 안내해드리죠.

---

13 글로스터는 자살을 생각하는 것이다.

2장
올버니 공작의 저택 앞

고너릴과 에드먼드 등장.

고너릴 함께 와주셔서 감사합니다. 그런데 웬일일까요?
그 온화하신 주인께서 도중까지 마중도 안 나오시다니.

오스왈드 등장.

공작님은 어디 계시오?

오스왈드 안에 계십니다. 하지만 아주 변하셨습니다.
상륙한 적군에 대해 말씀드렸더니,
공작님께서는 빙긋 웃으세요. 마님께서 오신다고 여쭈었
더니,
"더욱 나쁘다"고 하시는 것이었습니다.
글로스터의 모반,
그 아드님의 충성을 말씀드렸더니, 공작님께서는 저를 바

보 놈이라고 욕하시면서,

제가 사실을 잘못 알고 있다고 말씀하셨어요.

가장 싫어하셔야 할 일이 공작님께는 즐거운 듯이 보였습니다.

좋아하셔야 할 일이 싫으신 모양이에요.

고너릴 (에드먼드에게) 그러면 들어가셔선 안 됩니다.

그이는 겁쟁이여서 대담하게 활동하질 못합니다.

그래서 그는 보복을 꼭 해야 할 모욕을 받으면서도,

통 그걸 느끼려 하지 않아요. 오는 도중에 이야기한[14] 우리의 생각은

잘될 거예요. 에드먼드 님, 동생한테로 돌아가셔서[15]

급히 군대를 소집하고 동생의 군대를 지휘해주세요.

나는 여기서 주인과 무기를 바꿔야 해요.

주인에게는 길쌈할 실패를 쥐어줄 테니까. 그리고 이 하인[16]은 믿을 수 있으니,

우리 두 사람 사이를 연락하도록 하겠어요.

만약에 당신이 자기의 이익을 위해서 단호히 일하시겠다면,

---

14 두 사람은 여기까지 오는 도중 사랑을 이야기한 듯.

15 콘월로.

16 오스왈드.

당신의 부인,[17] 당신의 연인의 명령을 들어요. 이걸 지니
고, 아무 말 말아요.

(사랑의 선물을 준다)[18]

잠깐 머리를 숙여요. 이 키스가 말을 한다면,

당신의 하려는 기분을[19] 하늘 가득히 펼쳐줄 거예요.

뱃속에[20] 깊이 새겨둬요. 그럼 잘 가요.

에드먼드 죽어도 나는 당신의 것이오.

고너릴 아, 나의 가장 소중한 글로스터 님!

(에드먼드 퇴장)

아, 같은 남자라도 어쩌면 저렇게 다를까!

당신에게 여자의 정성을 다 바치겠소.

그 바보는[21] 내 몸을 가로채고 있을 뿐이지.

오스왈드 마님, 공작님께서 오십니다.

(퇴장)

올버니 등장.

---

17 원문 "mistress"에는 '여주인(부인)'과 '연인'의 두 가지 뜻이 있다. 고너릴은 에드먼드를 콘월, 리건한테서 떼놓으려 하는 것이다. 거기에다 또 고너릴의 색정(色情)을 드러낸다.

18 반지나 목걸이 등 사랑의 표시.

19 다음 주도 포함하여, 이 근처에는 섹스의 의미도 포함되어 있다.

20 원문 "conceive"에는 '안다'와 '임신하다'의 두 가지 뜻이 있다.

21 마치 궁정에 따른 광대(바보)를 말하듯 하는 말투다.

고너릴 전에는 휘파람쯤은 불어주셨는데.[22]

올버니 아, 고너릴!

당신은 강풍이 당신 얼굴에 불어젖히는 그 먼지만도 못한 사람이오.

나는 당신의 그 성질이 두렵소.

자기를 낳아준 어버이, 그 근원을 멸시하는 인간이

제 본분을 지킬 리가 없지.

제 목숨을 길러주는 수액(樹液)의 근본, 어미 가지에서

자신을 잘라내는 그러한 여자는 반드시 시들어 죽은 나무로 땔감밖에는 될 수 없소.

고너릴 그만해요. 그런 문구는 어리석은 거예요.[23]

올버니 예지나 미덕도 악인에게는 악으로밖에는 비치지 않고,

더러운 인간은 더러운 맛밖에는 모르는 것이오. 당신들은 무슨 짓을 했소?

호랑이지 딸들이 아니오. 무슨 짓을 했소?

아버지를, 그 어진 노인을—목을 매여 끌려 다니는 곰조차도,

손을 핥으며 경의를 표할 그 노인을—

그렇게 잔인하고 파렴치하게 당신들은 미치게 했다는 말

---

22 속담에 '아무리 못난 개라도 휘파람쯤은 불어준다'는 말이 있다. 여기서는 '왜 좀 더 일찍 나오지 않았어요?'

23 그런 성서의 문구는 어리석은 소리다. 그러니 그에 대한 설교도 필요 없다.

이오!

동생 콘월까지도 그런 짓을 묵인했으리라고는 생각할 수
가 없어.

왕의 큰 은혜를 입은 사람으로서, 왕후 귀족으로서!

만약 하늘이 눈에 보이는 천사들을 빨리 지상으로 내려
보내셔서

이따위 흉측한 악업을 응징하시지 않는다면,

반드시 일어날 것이오,[24]

온 인류가 영맹스런 동물로 화하여 동족끼리 서로 잡아
먹는 사태가.

마치 심해(深海)의 괴물처럼.

고너릴   겁쟁이야, 당신은?

당신의 뺨은 맞기 위해서, 머리는 모욕을 당하기 위해서
달린 게지.

이마에는 눈이 붙어 있지만 명예와 굴욕을 분간 못 하고,

또 죄를 범하기 전에 악한[25]이 벌을 받았다 하여 동정하는
것은 바보뿐이라는 것을

당신은 모르는 사람이야. 당신 북은 어디 있어?

프랑스 왕은 이 평온한 국토에서 군기를 휘날리며

---

24 다음 올버니의 대사의 클라이맥스에 대해서 효과적이다.

25 고너릴은 글로스터에 대한 처벌을 아직 모를 테니까, 이치상으로는 이 "악한"은 리어 왕
을 가리키는 것이겠지만, 앞에서 글로스터의 음산한 시인을 본 직후이기 때문에 독자나
관중의 뇌리에는, 싫어도 글로스터의 일이 들어온다. 이것이 연극 외 재미라는 것일 듯.

투구와 갑옷으로 무장하고, 당신의 나라를 위협하는데,

그래 당신은 고작 한다는 짓이 가만히 앉아서

"아아, 왜 그런 짓을 하나" 하고 울부짖으며

바보처럼 설교만 하고 있어?

올버니 네 꼬락서니를 좀 봐, 악마야!

원래 악마의 모양은 추악하지만, 그것이 여자의 모양으로

나타났을 때만큼 추악한 것은 없어.

고너릴 어리석은 바보의 잠꼬대 같은 소릴!

올버니 여자로 둔갑하여 제 모양을 감춘 악마야,

부끄러움을 알거든 그 모양을 드러내지 마라. 만약 격정

에 못 이겨

이 두 손을 움직여도, 그것이 내 체면에 손상을 주지 않는

다면,

당장이라도 네 살과 뼈를 갈기갈기 찢어발기겠다만, 네가

악마라 해도,

계집의 탈을 쓰고 있기 때문에 참는 거야.

고너릴 저런, 그 용기[26] — 마치 고양이 같군![27]

사자 등장.

---

26 '저런, 겁쟁이 주제에!'

27 '이 겁쟁이 고양이야!' 이곳은 그 밖에 여러 가지의 해석이 있다.

올버니   무슨 일이냐?

사자   아, 올버니 각하! 콘월 공작께서 돌아가셨습니다.

자기 하인에게 맞아서 숨지셨습니다, 글로스터 님의 한쪽 눈을

도려내려고 하셨을 때에.

올버니   글로스터의 눈을?

사자   공작님께서 길러내신 하인이, 지나친 처사에 격분하여,

칼을 빼서 제 주인 되는 공작님께 대들었습니다. 공작님께서는 대노하셔서,

그놈에게 달려들어, 내외 두 분이 그놈을 찔러버렸어요.

하지만 공작님께서도 깊은 상처를 입으셨기 때문에, 공작님 자신도

그놈과 같은 죽음의 길을 밟게 되셨습니다.

올버니   이제 알겠습니다, 하늘에는 신들이 계셔서,

공정한 재판관으로서 이 하계(下界)의 우리 죄를

이토록 빨리 처벌하신다는 것을. 그런데 가엾은 글로스터!

한쪽 눈을 잃으셨다고?

사자   양쪽, 양쪽 눈을 다 잃었습니다, 각하.

마님, 이 편지는 시급히 회답을 보내달라 하셨습니다.

마님 동생께서 보내신 것입니다.

고너릴 (방백) 생각하기에 따라서는 오히려 잘되었었지.[28] 하지만

동생이 과부가 되어,

나의 글로스터와 같이 있게 된다면, 내가 꿈에 그리던

누각은 다 무너져버리고, 남는 것은 저주스런 생활뿐일

테지 ―.

하지만 또 달리 생각하면,[29] 이 소식은 그리 입맛 쓴 것도

아니야.

(사자에게) 읽은 후에 답장을 쓰겠소.

(퇴장)

올버니 그들이 글로스터의 눈을 도려낼 때, 그 아들 에드먼드는

어디 있었지?

사자 마님과 함께 이리로 오셨습니다.

올버니 여기엔 없는데.

사자 네, 안 계십니다. 돌아가시는 걸 제가 길에서 뵈었습니다.

올버니 그는 이 잔혹한 사건을 알고 있느냐?

사자 네, 각하. 자기 부친을 밀고한 것은 실은 그분입니다.

그리고 자기 부친을 마음대로 처벌할 수 있도록,

일부러 그곳을 떠난 것도 실은 그분입니다.

---

28 고너릴의 야망은 남편 올버니를 없애고 에드먼드와 결혼해서 리건의 영토를 손에 넣고 대 브리튼의 여왕이 되는 일이다. 그런 의미에선 콘월의 죽음은 방해물이 하나 줄어든 셈이 된다.

29 '하지만 동생이 과부가 되어……' 하고 생각했지만, 다시 처음 생각으로 되돌아가서.

올버니   글로스터여, 나는 오래 살아서, 그대가 왕께 대한 충성의

은혜를 갚고,

그 두 눈의 원수를 반드시 갚아드리겠소.

(사자에게) 이리로 오게,

자네가 아는 것을 내게 좀 더 이야기해주게.

(두 사람 퇴장)

3장

도버 근처 프랑스군 진영

켄트와 한 신사[30] 등장.

켄트 프랑스 왕이 왜 이렇게 별안간 귀국하셨는지, 그 이유를 아시오?

신사 미해결인 채로 본국에 남겨둔 어떤 사건이 있었습니다. 이 곳에 출전하신 후에도 쭉 그 일을 걱정하고 계셨는데, 그 후 국가의 안위에 관계되는 중대 문제임을 아시고, 왕 자신이 귀국하시는 것이 가장 필요하고 또 불가피했던 것이오.

켄트 왕 대신 지휘할 분은 누구요?

신사 프랑스의 육군 원수인 라파 각하입니다.

켄트 그 편지를 보시고 왕비께서는 비통해하십니까?

신사 네, 왕비께서는 그 편지를 받으시고 내 앞에서 읽으셨소.

---

30 3막 1장에서 켄트가 도버로 보낸 신사.

두서너 번 넘치는 눈물이 왕비의 아름다운 볼을

적시며 흘러내렸소. 왕비답게 감정을 억제하고 계셨지만,

그 감정이 모반을 일으켜

왕처럼 왕비에게 군림하려 하는 듯이 보였소.

켄트 아, 그러면 감동이 되셨군요.

신사 하지만 흥분하시진 않았소. 인내와[31] 슬픔이 서로

어느 쪽이 더 왕비다운가 하고 다투는 듯이 보였소.

당신은 해가 내리쬐는데 비가 오는 것을 보았지요? 그분

의 미소와 눈물은

그보다도 아름다운 광경이었소.

빨간 입술에 비쳐오는 그 행복스런 웃음은

왕비의 두 눈에 어떤 손님[32]이 와 있는지도 모르는 듯하였

소. 그 손님도 곧 떠나갔지요,

마치 진주[33]가 다이아몬드[34]에서 뚝뚝 떨어져 내리듯이.

한마디로 말해서,

슬픔이 누구에게나 어울리는 것이라면,

슬픔이야말로 더없이 아름다운 것이라고 생각되었소.

켄트 그분은 아무 말씀도 안 하십디까?

---

31 이하의 신사의 대사는 궁정인(宮廷人)에 어울리게, 되도록 우아하게 한다.

32 눈물을 가리킴.

33 셰익스피어는 곧잘 눈물을 진주라 부른다.

34 셰익스피어는 《윈저의 명랑한 아낙네들》 3막 3장에서도 눈을 다이아몬드에 비유하고 있다.

신사   아녜요, 한두 번 가슴이 메어지듯 "아버님"을 부르셨어요.

마치 목을 졸려 숨이 차신 듯이. 그리고 "언니들! 언니들!

여자의 치욕이에요! 언니들!

켄트! 아버님! 언니들! 아아, 폭풍우 속을, 한밤중에!

이 세상에 자비심이란 없는 것인가!" 하시면서,

그 맑은 눈에서 성스런 눈물을 떨어뜨리고,

격정을 진정하셨는데, 이윽고 혼자서 슬픔을 참으시려고

안으로 들어가셨소.

켄트   별의 운이야,[35] 하늘에 있는 별의 운이야, 우리 성격을 지

배하는 것은.

그렇지 않다면 똑같은 부부한테서 태어난 자녀들이

이렇게까지 다를 리가 없지. 그 후로 왕비와는 말씀 안 하

셨소?

신사   네.

켄트   그건 프랑스 왕이 귀국하시기 전 일이오?

신사   아니, 그 후의 일이오.

켄트   사실은 가엾으시게도 본심을 잃으신 리어 왕께서는 이 거

리에 계시오.

이따금 정신이 드시면 우리가 어찌 되었는지 걱정은 하시

---

35 당시의 점성학(당시 의학 등도 포함한 과학의 근저를 이루고 있었다)에 의하면 성격 등을 포함
하여 모든 사람의 운은 별과 별자리에 의해서 결정되는 것으로 생각되었다.《로미오와 줄
리엣》의 두 사람은 "별의 운이 나쁜 연인들"(1막 프롤로그)이었다.

지만,

코딜리어 왕비를 만나시는 일은, 아무리 말씀을 드려도,

막무가내시오.

신사 왜 그러실까요?

켄트 더없이 부끄러운 생각이 왕의 마음을 억누르는 탓이겠죠.

자신의 무자비한 처사,

왕비한테서 어버이로서의 축복을 박탈하고, 위험을 알면

서도

외국으로 추방하여, 왕비의 귀중한 권리를

개만도 못한 딸들에게 주어버린 — 이러한 일들이

살모사의 독니처럼 왕의 마음을 찌르기 때문에,

불타오르는[36] 듯한 치욕감이 생겨

왕께서는 코딜리어 왕비를 피하시는 거요.

신사 아아, 가엾으신 분!

켄트 올버니 공작과 콘월 공작의 군대에 대해서는 소식을 못

들었소?

신사 이미 출동했다는 말을 들었소.

켄트 그러면 우리 주군 리어 왕께 안내해드릴 테니,

왕을 모시고 계시오. 나는 어떤 중요한 이유[37]가 있어서,

---

36 '불타오르는'은 '사람 눈에 띄다', '낙인이 찍히다' 등 여러 가지로 해석되지만, 요컨대 '커
다란' 치욕감.

37 이 "이유"에 대해서는 언급이 없다.

잠시 동안 내 정체를 감춰야 하지만,

장차 내 이름을 밝힐 때가 오면, 당신은 이렇게 나와 가까

이 알게 된 것을

결코 후회하지는 않을 것이오. 자, 나와 같이 갑시다.

(두 사람 퇴장)

4장

같은 장소

북 치는 병사, 기수들과 함께 코딜리어, 시의(侍醫)와 병사들 등장.

코딜리어   아아, 아버님이에요![38] 지금 막 뵈온 사람의 말로는,

거친 바다처럼 어지러운 마음으로 소리 높여 노래하시고,

머리에는 제멋대로 자란 푸마리아 풀과 밭에 나는 잡초

로 만든 관을 쓰시고,

거기에 우엉과 독인삼, 가시덤불과 버터 캡,

독보리, 그리고 우리의 식료품이 되는 곡물 새에 나는

여러 가지 쓸모없는 잡초들을 꽂으셨더라오. 수색대[39]를

내보내어

높이 우거진 초원 구석구석까지 찾아서,

아버님을 내 눈앞에 모셔 오도록 하오.

---

38 리어는 들판으로 나가 방황하고 있다. 빨리 찾아내야 한다.

39 백인대(百人隊). 1백 명의 보병을 1대(隊)로 하고, 60대를 1군단(legion)으로 삼던 고대 로마
의 군대 편성법.

(장교[40] 한 사람 퇴장)

사람의 지혜를 다하면,

아버님의 흐트러진 이성의 힘을 되찾을 수 없을까?

아버님의 병환을 고쳐드리는 사람에게는,

내가 가지고 있는 것을 무엇이든지 다 주겠소.

시의   방법은 있습니다,[41] 왕비님.

사람의 생명력을 길러주는 보모는 안면(安眠)입니다.

폐하께는 그것이 부족합니다만, 잠이 오게 하는 효력 있

는 약초는

얼마든지 있습니다. 그 뛰어난 약효는,

괴로운 눈을 닫아줄 것입니다.

코딜리어   모든 고마운 비약(秘藥)이여,

지하에 숨은 약용 식물이여,

내 눈물을 받고 돋아나거라! 이 착한 분의 고민을 고치는

데

도움이 되라! 찾아와요, 빨리 찾아와요, 아버님을,

마음이 흐트러진 채로 내버려두면,

필요한 이성을 잃고 계시므로,

목숨이 위태로우실지도 모르오.

---

40 이 행은 미완이 아니므로, 장교는 대사를 말하는 동안에 퇴장하는 것을 나타낸다.

41 놀라는 코딜리어.

사람의 지혜를 다하면,
아버님의 흐트러진 이성의 힘을 되찾을 수 없을까?
아버님의 병환을 고쳐드리는 사람에게는,
내가 가지고 있는 것을 무엇이든지 다 주겠소.
— 4막 4장

사자 등장.

사자　왕비님, 보고드리겠습니다.

브리튼군이 이곳으로 진격 중이옵니다.

코딜리어　전부터 예상하고 있었소. 그들을 맞아 싸울

우리의 준비는 갖추어져 있소.

아, 그리운 아버님!

제가 출진하는 것도 아버님, 당신 때문입니다.

위대한 프랑스 왕은,

슬퍼하며 눈물을 흘리고 애걸하는 저를 불쌍히 생각하시

어 제 청을 들어주셨습니다.

우리의 군사를 움직인 것은 엉뚱한 야심이 아니고,

다만 사랑과 아버님에 대한 효도, 늙으신 아버님의 권리

때문입니다.

빨리 아버님의 음성을 들었으면, 만나 뵈었으면!

(모두 퇴장)

5장
글로스터의 저택

리건과 오스왈드 등장.

리건 그런데, 형부 올버니 공작의 군대는 출동했소?

오스왈드 네.

리건 공작 자신도?

오스왈드 네, 마지못해 출동하셨습니다.

올버니 공작부인이 훨씬 군인다우셨습니다.

리건 에드먼드 님이 그쪽에서 올버니 공작과는 안 만나셨소?

오스왈드 네.

리건 에드먼드 님한테 보낸 언니의 편지는 대체 무슨 내용이었을까?

오스왈드 모르겠습니다.

리건 확실히 그분은 중대한 임무를 띠고 여기에서 급히 떠나셨다오.

큰 실수였소, 글로스터의 눈을 도려내놓고,

그놈을 살려둔 것은. 가는 곳마다 민심을 선동하여

우리의 적을 만들고 있소. 에드먼드 님은 틀림없이,

자기 아버지의 불행을 동정해서[42]

광명을 못 보는 그의 생명을 속히 해치우고, 또

적군의 병력을 탐지하기 위해서 여기서 떠난 듯하오.

오스왈드 저는 이 편지를 가지고 뒤를 쫓아가야 하겠습니다.

리건 우리 군대도 내일 출발해요. 그때까지 우리 집에 머물러

있어요.

도중이 위험할 테니.

오스왈드 마님, 그렇게 할 수는 없습니다.

이 일에 대해 저는 주인마님한테서 엄명을 받았으니까요.

리건 왜 언니가 에드먼드 님한테 편지를 할까? 그 내용을

당신이 말로 전해도 되지 않겠소? 아마, 무슨 일이 — 잘

모르겠지만, 나쁘게는 하지 않을 테니,

그 편지를 좀 떼어봅시다.

오스왈드 그것은 좀⋯⋯.

리건 언니는 형부를 사랑하지 않아요.

그건 확실해요. 지난번에 여기 왔을 때도,

언니는 에드먼드 님께 묘한 추파를 보내고,

무슨 꿍꿍이속이 있는 듯한 표정을 짓습디다. 당신이 언

니의 심복 부하라는 건 알아요.

---

42 이 무슨 아이러니인가, 음흉스런 변명인가!

오스왈드   제가요?

리건   알아요. 당신은 그래요.

그래서 당신에게 말하는 것이니, 잘 들어봐요.

내 남편은 세상을 떠났어요.

그리고 에드먼드 님과 나 사이에는 이야기가 되어 있을 뿐 아니라,

그분은 언니보다 나와 결혼하는 편이 더 편리해요. 그 이상은 상상에 맡기겠소.

만약 그분을 만나거든 이것[43]을 전해줘요.

그리고 언니에게 당신이 이 사정을 이야기하여,

자신의 분별심을 되찾으라고 그래요.

그럼 잘 가오.

그 눈먼 모반자가 있는 곳을 찾아서,

그놈의 목을 베어 오기만 하면 누구든지 출세를 하게 될 것이오.

오스왈드   그 사람을 꼭 만났으면 합니다. 그러면,

제가 어느 편인지 보여드릴 수 있으니까요.

리건   그럼, 잘 가오.

(두 사람 퇴장)

---

43 애정의 표시인 무슨 선물이나 러브레터일 듯.

6장

도버 부근의 들

글로스터와 농부 복장[44]을 한 에드거 등장.

글로스터   그 언덕 꼭대기[45]에는 언제 닿을까?

에드거   지금 오르는 중이에요. 정말 길이 험하기도 하군.

글로스터   길은 평평한 것 같은데.

에드거   굉장한 비탈이에요.

저 바다 소리가 들리지요?

글로스터   아니, 전혀 안 들리는걸. 거짓말이 아니야.

에드거   아, 그럼 다른 감각마저도 못 쓰게 되었군요.

눈이 아프시기 때문에.

글로스터   사실 그럴지도 모르지.

그리고 보니 네 목소리도 달라지고, 전보다 더 점잖고 조리 있게 말도 하는 것 같구나.

---

44 4막 1장에서 노인이 말한, '제일 좋은' 옷을 입고 등장한 것이다.

45 4막 1장 끝에서 글로스터가 말한 단애.

에드거   잘못 아신 거예요. 제가 입은 옷밖에는

아무것도 달라진 게 없어요.

글로스터   네 말씨가 훨씬 나아진 듯한데.

에드거   자, 여깁니다. 가만히 서 계세요.

이렇게 아래를 내려다보니, 무섭고 눈이 아찔합니다!

단애의 중간쯤 되는 공중에서 날고 있는 까마귀나 부리

붉은 까마귀가

딱정벌레보다도 작아 보이는군요. 단애의 중간에

매달려 바다미나리를 따는 사람도 있어요. 정말 위험한

장사로군!

몸 전체가 제 머리 정도밖에는 안 되어 보여요.

해변을 걷고 있는 고기잡이는 생쥐같이 보이고,

그 저쪽에서 닻을 내린 큰 배는

거기 실린 새끼 배만 하게 보이고, 새끼 배는 부표만 하게

작아져서,

거의 눈에 띄지도 않을 정도예요.

셀 수도 없을 만큼 많은 기슭의 조약돌에 부딪히는 파도

소리는,

이렇게 높은 데까지는 들려오지 않는군요. 이제 그만 보

겠어요.

머리가 핑 돌고 눈이 캄캄해져서 몸이 거꾸로

내려 박히면 큰일이니까.

글로스터 네가 서 있는 곳에 나를 세워다오.

에드거 손을 주세요. 이제 한 발짝만 더 가면

단애의 끝이에요. 이 세상을 다 준대도,

여기서 뛰어 내리지는 못하겠어요.

글로스터 내 손을 놔라.

자, 여기 지갑을 또 하나 받아라. 속에 든 보석은 가난한

사람이면 받아둘 만한 값어치가 있다. 요정들[46]과 신들이

그것을 늘려, 네게 행운을 주기를 바란다! 자, 멀리 떨어

져주지 않겠나. 내게 작별 인사를 하고,

네가 멀어져가는 발소리를 들려다오.

에드거 그럼 안녕히 계십시오, 영감님.

글로스터 조심해 가거라.

에드거 (방백) 아버님의 절망을 이렇게 농락하는 것도,

다만 그것을 고쳐드리려는 일념에서 그러는 것이지.

글로스터 (무릎을 꿇고) 아, 위대한 신들이여!

저는 이 세상을 버리고, 당신들이 보는 데서,

저의 큰 고통을 조용히 떨어버리려고 합니다.

비록 이 이상 참을 수가 있고, 또 신들의

거역할 수 없는 의지를 쫓는다 하더라도,

이 추악한 몸의 여진은 제물에 타 없어지고 말 것입니다.

---

46 숨겨진 보물은 요정들이 지켜주고, 그것이 발견되어 새 소유자 손에 들어가면 그들은 그
것의 분량을 크게 늘려준다는 당시의 속신(俗信)에 따라서.

내 아들 에드거가 만약 살아 있다면, 아, 그를 축복하여주
소서!

그럼, 잘 있거라.

에드거 멀리 왔어요. 안녕히 계십시오.

(글로스터, 앞으로 몸을 던져, 쓰러진다)

하지만 목숨을 없애고 싶어 하면, 그렇게 생각하는 것만
으로도

목숨의 보물을 빼앗길 때가 있을지도 모른다.

아버님께서 왔다고 생각하신 그곳에 실제로 와 계셨다면,

지금쯤은 생각하실 수도 없게 되셨을 것이다. 살아 계신

가, 아니면 돌아가셨나?

(옆으로 다가가서) 아, 이것 봐요!⁴⁷

내 말 들립니까? 말 좀 해보시오!

이대로 돌아가실지도 모르겠구나. 아니, 정신이 드셨다.

당신은 누구시오?

글로스터 저리로 가요. 나를 죽게 내버려둬.

에드거 당신이 거미줄이나 깃털이나 공기가 아닌 담에야,

그렇게 높은 데서 뛰어내리면,

달걀처럼 산산조각이 났을 것이오. 그런데 당신은 숨도
쉬고,

---

47 우연히 그곳을 지나치던 사람인 체하고.

몸도 끄떡없고, 피도 나지 않으며, 말도 하고, 무사하군요.

당신이 뛰어내린 높이는, 돛대 열 개를 이어도 모자랄 거요.

당신은 기적적으로 살아났소. 한 번 더 말해보시오.

글로스터   그런데 나는 떨어지지 않았나?

에드거   이 흰 절벽의 무서운 꼭대기에서 떨어졌소.

위를 쳐다보시오. 날카로운 소리로 우는 종달새도,

이렇게 멀어서야 소리도 들리지 않고, 그 모양도 보이지

않아요. 아무튼 쳐다보세요.

글로스터   아, 내게는 눈이 없어,

비참한 사람에겐 그 참상을 죽음으로 끝낼 만한 은혜도

주어지지 않는단 말인가?

참상이 사신(死神)이라는 폭군의 무도(無道)를 기만하여[48]

그 오만스런 의도를 분쇄할 수 있었다면

그래도 마음의 위안이 되었을 텐데.

에드거   당신의 손을 주시오.

자, 일어서시오 ─ 어때요? ─ 다리가 흔들리지 않소? 서는

군요?

글로스터   설 수 있소, 설 수 있소. 아무렇지도 않소.

에드거   정말 이상한 일이오.

절벽 꼭대기에서 당신과 헤어진 사람은 대체

---

48 자살함으로써.

누구요?

글로스터 가엾고 불우한 거지였소.

에드거 이 밑에서 바라보니, 그놈의 눈깔은

두 개의 만월(滿月)같이 보이고, 코는 천 개나 되고,

뿔이 나 있는데, 일그러져서 성난 바다처럼 물결치고 있

었소.

그건 악마였소. 그러니 당신은 운수 좋은 아저씨요.

영예로운 신들은 인간이 할 수 없는 일을 하신답니다. 당

신은 그 덕분에 살아난 것이오.

글로스터 잘 기억해두겠소. 이제부터는 어떤 고통이든 참도록 하

겠소.

그놈 편에서 "이제 그만, 이제 그만" 하고 비명을 지르며

지쳐 죽을 때까지는,

당신이 지금 말한 것을,

나는 사람으로만 알았는데, 그리고 보니 그것은 이따금,

"악마, 악마" 하고 소리를 질렀소. 그놈이 나를 거기까지

데려다주었소.

에드거 걱정하지 말고, 마음을 가라앉혀요. 그런데 저기 오는 건

누굴까?

야생화 등으로 기괴하게 복장을 차린 리어 왕 등장.

그런데 저기 오는 건 누굴까?
사람이 자기 정신이 있으면
저런 모양을 하고 있을 리가 없지.

— 4막 6장

사람이 자기 정신이 있으면 저런 모양을 하고 있을 리가 없지.

리어 왕 내가 가짜 돈을 만들었다고 해서, 놈들이 내게 손을 댈 수는 없지. 나는 국왕 그 자체니까.[49]

에드거 아아, 가슴이 찢어질 듯한 광경!

리어 왕 그[50] 점에서는 자연[51]이 인공[52]보다 낫지. 자, 입대(入隊)의 전도금[53]이다. 저놈의 활 솜씨는 마치 허수아비 같군. 팔 가득히 당겨봐. 저 쥐 좀 보게! 쉿, 조용히! 불에 구운 이 치즈 조각이면 충분해. 자, 장갑을 던졌다.[54] 상대가 거인이라도 싸울 테야. 창[55]을 가진 무사들을 불러라. 아, 잘 날아갔다, 새처럼! 맞았다, 맞았다, 휴! 구호를 말해.

에드거 예쁜 마요라나.[56]

리어 왕 가!

---

49 미친 리어의 대사. 단, 완전히 미친 건 아니다. 관중 속에도 한 줄기 정기(正氣)의 논리. 돈을 주조하는 것은 국왕의 생득적 권리. 그 '주조', "가짜 돈"에서 "징병의 전도금"으로, 그 전쟁의 이미지는 활의 이미지로 이어지고, "창"으로 이어진다. 그리고 "창"은 같은 발음인 '부리'로 이어지고, '새', '화살', '흰색'으로 진전되어 간다.

50 국왕이 갖는 돈의 주조권. 국왕은 생득적 권리로서 그것을 잃는 일은 절대로 없다. '자연'과 '인공'의 관계에 대해서는 당시 흔히 논의되었고, '인공은 자연을 개선한다'고도 했다.

51 돈의 주조권을 생득적 권리로서 갖는 국왕.

52 가짜 돈의 주조자.

53 신병 징집 때에, 입대 전에 지불되는 약간의 돈.

54 장갑을 던지는 것은 도전의 표시.

55 원어는 '갈색 창'. 녹슬지 않도록 갈색 칠을 했다.

56 당시 정신병의 약으로 생각되었다! 특히 여기 있는 'sweet marjoram'은 향취가 좋아 약용과 향신료로 쓰였다.

글로스터 저 목소리는 귀에 익은 소린데.

리어 왕 아, 고너릴이구나,[57] 흰 수염이 나 있어! 그들은 개처럼 내게 아첨하면서 검은 수염도 나기 전에, 내게는 흰 수염이 났다고 그랬어.[58] 내가 무슨 말을 하든지, '네' 또는 '아니에요'라고 했는데, 어느 쪽이나 진심에서 우러난 대답이 아니었어. 언젠가 비를 흠뻑 맞고, 바람이 불어서 이가 덜덜 떨렸을 때, 천둥더러 가만히 있으라고 명령해도 말을 안 들었는데, 그때 그놈들의 정체를 알았지. 그놈들의 말은 믿을 수가 없어. 그놈들은 내가 전능하다고 했지만, 그건 거짓말이야, 나 역시 학질에 걸리니까.

글로스터 저 소리의 특징은 내가 잘 알고 있는데,

국왕이 아니실까?[59]

리어 왕 그렇지, 머리끝에서 발끝까지 왕이야.

내가 한번 눈을 흘기면 온 백성들이 부들부들 떨지.

그놈의 목숨은 살려주지. 너는 무엇 때문에 고발당했지?

간통 때문에?

그럼 죽이지는 않겠다. 간통 정도로 죽이다니! 안 될 말이지. 굴뚝새도 그렇고, 조그만 쉬파리도 내 눈앞에서 음란한 짓을 하고 있지 않느냐.

---

57 리어는 글로스터의 모양을 보고, 변장한 고너릴로 생각하는 모양.

58 어린 나이에 이미 노년의 지혜를 갖추고 있었다.

59 직접 리어를 향해 말하는 것이 아니다.

실컷 하게 해. 글로스터의 사생아인 에드먼드는,

정당한 부부 사이에서 낳은 내 딸들보다도

아비에 대해 훨씬 인간다웠지.

함부로 음란한 짓을 해라! 병사가 부족하니까.

우습지도 않은 걸 웃고 있는 저 부인을 보아라.

그녀의 얼굴은 마치 두 가랑이 사이도 눈같이 희다[60]는 듯

한 표정을 하고,

정숙한 가면을 쓴 채, 색(色)이라는 말만 들어도

머리를 흔들지만,

냄새 나는 고양이나 종마도,

그 야단스런 정욕에는 못 당할 거야.

그들은 허리 위는 여자지만,

허리 아래[61]는 모두 반인반마의 괴수[62]들이어서,

허리띠 매는 데까지는 신들의 힘이 미치지만,

그 아래는 모두 악마의 것이야, 지옥이야, 암흑이야.

유황이 타오르는 구멍이야—불길이 타오르고—부글부

글 끓어올라서,

악취와 부패가 심해. 더러워, 더러워, 더러워, 퉤, 퉤!

약제사야, 사향 한 온스만 다오.

---

60 순결.

61 당시의 격언에 '허리 아래에는 지혜 없다'는 말이 있다.

62 그리스의 전설에서, 가슴 위는 인간의 모양, 허리 아래는 말의 모양을 한 현명한 괴수.

냄새를 지우게.[63]

자, 돈 여기 있다.

글로스터 아! 그 손에 입 맞추게 해주십시오.

리어 왕 손부터 닦아야겠다. 송장 냄새가 나니까.

글로스터 아, 대자연의 폐허여!

이 위대한 세계로 이렇게 차차 닳아서 없어지고 말 것인

가. 저를 아시겠습니까?

리어 왕 네 눈[64]을 잘 기억하고 있지. 곁눈질로 나를 흘겨보나?

무슨 짓이든 해봐라. '눈먼 큐피드'[65]야, 나는 홀리진 않을

테야.

이 결투장을 읽어봐. 그 문장을 좀 잘 봐.

글로스터 그 글자 하나하나가 모두 태양이라 해도, 저는 못 읽을 것

입니다.

에드거 (방백) 남의 말을 전해 들었다면 도저히 믿을 수 없었을

것이다. 하지만 이건 사실이야.

이 가슴이 찢어질 것 같구나.

리어 왕 읽어.

글로스터 아니, 껍데기밖에 없는 이 빈 눈으로 읽으라고요?

---

63 이상 20여 행의 리어의 대사는 시형(詩形)을 이루면서 산문에 가까운 문맥. 자칫 단절하기
쉬운 리어의 생각을 나타내고 있어 묘하다. 특히 끝의 3행 등을 산문으로 삼은 판이 많다.

64 글로스터는 눈에 붕대를 감고 있지 않다.

65 간판이 "눈먼 큐피드"인 갈보집.

리어 왕	아, 정말! 네 말은 그런 뜻이었나? 얼굴에는 눈이 없고, 지갑에는 돈이 없단 말이냐? 네 눈은 무거운 병에 걸렸는데, 지갑은 가볍다는 말이지. 그래도 세상이 돌아가는 것쯤은 보일 테지.
글로스터	느낌으로 압니다.
리어 왕	뭐라고! 너는 미치광이냐? 눈이 없어도 세상이 돌아가는 것쯤은 보이는 법이야. 그 귀로 봐. 저기 있는 재판관은 저 좀도둑한테 욕지거리를 퍼붓고 있어. 잘 들어봐! 두 사람이 자리를 바꾼데도 어느 쪽이 재판관이고, 어느 쪽이 도둑놈인지 알아내겠나? 넌 농가 집의 개가 거지 보고 짖는 걸 보았지?
글로스터	네, 보았습니다.
리어 왕	그래서 거지는 달아났지? 거기에 권력이라는 것의 거대한 모습이 있는 거야. 개에게도 권력이 주어져 있기 때문에 사람이 복종하는 거야.
	이 시골 순경 놈아, 그 잔혹한 손을 좀 멈춰.
	왜 그 갈보에게 매질을 하는 거야? 네놈의 잔등에나 매질을 해.
	너는 매음했다고 저 여자를 때리고 있지만, 실은
	네 자신이 저 여자를 매음녀모양으로 간음하고 싶은 생각이 타오르고 있어.
	고리대금을 하는 재판관이 사기꾼을 처형해.

누더기를 입고 있으면 뚫어진 구멍으로 사소한 죄악도

다 드러나 보이지만,

법복이나 모피 가운[66]은 모든 걸 감추지. 죄악에 황금의

갑옷을 입혀봐,

날카로운 정의의 칼도 효력 없이 부러져버릴 테니.

그것을 누더기로 무장하면, 난쟁이의 지푸라기[67]로도 꿰

뚫을 수가 있어,

죄인 따위는 하나도 없어. 하나도, 알겠어?

하나도 없는 거야. 내가 보증하지.

내 말을 신용해. 고발자의 입을 막을 권력을 가진

이[68]인 내가 하는 말이니. (글로스터에게) 의안이라도 해서

박지.

그리고 더러운 책사(策士)들처럼 보이지 않는 것도

보는 체해보아. 자, 자, 자,

신발을 벗겨다오. 더 잡아 당겨, 더 세게, 그래.

에드거　(방백) 아아, 분별과 부조리가 뒤섞여 있다!

광증 속에도 분별이 있구나!

---

66 재판관이나 행정관.

67 약한 것, 볼품없는 것의 대표.

68 '이 말'은 원문 "that"인데, 이것은 리어가 말한 것을 가리키는지(여기서는 그에 따른다), 상상
으로의 '사면'을 말하는지, 아니면 여기서 리어가 글로스터에게 지갑을 내주며, '이건 내가
주는 것이니…… 이것으로 의안을 해 박아라'고 하는 것인지, 학자들의 의견도 각기 나뉘
어 있다.

리어 왕 네가 내 불운을 울어준다면, 내 눈을 주겠다.

나는 너를 잘 안다. 네 이름은 글로스터지.

참아야 해. 인간은 울면서 이 세상에 태어난 거야.

너도 알다시피, 처음으로 공기를 마셨을 때에는 울음을

터뜨렸지. 네게 설교를 할 테니 잘 들어봐.

글로스터 아, 슬프다!

리어 왕 우리가 이 세상에 태어날 때, 우리는 바보들만 있는 이 커

다란 무대[69]에 오른 것을 우는 거야. 이건 좋은 모자야.

천으로 기병대에 신발을 지어주는 것은

교묘한 전술이지. 나는 그것을 시험해볼 테야.

그리고 사위 놈들을 몰래 습격하게만 되면,

그때는 죽여, 죽여, 죽여, 죽여, 죽여, 죽여![70]

신사,[71] 종자들과 같이 등장.

신사 아, 여기 계셨군요. 왕을 붙들어. 폐하,

사랑스런 공주님께서 ―.

리어 왕 구원군은 오지 않나? 뭐라고! 포로가 됐어? 나야말로

운명의 여신한테 농락당하는 천치 바보로구나. 정중히 대

---

69 하일만(R. B. Heilman) 교수의 《리어 왕》연구서 제목은 '이 커다란 무대'로 되어 있다.

70 돌격 때의 병사들의 함성.

71 이 신사는 리어를 찾기 위해 코딜리어가 파견한 사람들 중 하나. 4막 4장 참조.

우해다오.

보상금은 주겠다. 의사를 불러다오.

내 뇌수[72] 속까지 깊은 상처를 입었으니.

신사   무엇이든 분부대로 하겠습니다.

리어 왕   구원군이 없어? 나 혼자뿐이야?

이렇게 되면 사나이도 쓰라린 눈물만 흘리게 되어서,

두 눈을 뜰에 물 뿌리는 물통으로밖에 쓸 데가 없게 되지.

가을날의 먼지가 일지 않게 말이야. 나는 용감하게[73] 죽을 테야,

성장한 신랑처럼. 이봐! 나는 유쾌히 하려는 거야.

자,[74] 자, 나는 국왕이야, 알겠나, 자네들?

신사   왕통이십니다. 그래서 저희는 분부대로 하겠습니다.

리어 왕   그러면 아직도 희망이 있다. 붙잡으려거든 자, 와라.

달리면서 붙잡아 봐. 식, 식, 식, 식.[75]

(달리면서 퇴장. 종자들 뒤따른다)

신사   가장 미천한 인간이라 해도 가슴 아픈 광경인데,

황차 국왕의 몸으로 저렇게 되시니, 이루 말할 수가 없구

---

72 보통 같으면 '심장 속까지 상처를……'이라 할 테지만, 리어의 현 상태를 생각하면 이 우스꽝스런 표현도 비극적 함축을 띠게 된다.

73 '용감하게'와 '좋은 옷을 입고'라는 두 가지 뜻을 포함하여. 리어는 야생화 등을 몸에 잔뜩 걸치고 있는 것이다.

74 '붙잡을 수 있거든 붙잡아봐라…….'

75 원문은 "Sa, sa, sa." 사냥할 때 개를 목표물에 모는 소리.

나! 당신에게는 따님 한 분이 계십니다.

다른 두 따님들 때문에 세상의 저주를 받은 인간성을 속

죄해주실 분이.

에드거 아, 안녕하십니까?

신사 아, 무슨 일이오?

에드거 전쟁이 시작된다는 소문을 혹 못 들으셨습니까?

신사 그건 누구나 알고 있는 사실이오. 귀가 있는 사람이면 누

구나

그런 소문을 들었을 것이오.

에드거 그런데, 실례지만,

적군은 어디까지 와 있습니까?

신사 가까이 와 있소. 진격 속도도 빠릅니다. 주력 부대의 출현

도,

이미 시간 문제요.

에드거 고맙습니다. 그것뿐입니다.

신사 왕비께서는 특별한 사정으로 여기 머물러 계시지만,

그 군대는 진격 중이오.

에드거 고맙습니다.

(신사 퇴장)

글로스터 아, 자비로운 신들이여, 저의 숨을 끊어주소서.

악마의 유혹을 받아, 다시는 당신께서 허락하시기 전에

죽을 마음을 먹지 않도록 하여주옵소서.

에드거 　잘 기도합시다, 아저씨.

글로스터 　대체 너는 누구냐?

에드거 　저는 운명의 타격에 익숙해진 아주 가엾은 사람인데,

여러 가지 슬픔을 알고, 느꼈기 때문에

남에 대한 동정심을 갖게 되었습니다. 손을 주세요,

어디 쉬실 곳으로 데려다드리겠습니다.

글로스터 　진심으로 고맙다.

하늘이여, 온갖 은혜와 축복을 이 사람에게 내려주소서!

오스왈드 등장.

오스왈드 　현상 붙은 모반자구나! 참 운수가 좋은걸!

눈 없는 네 머리는 우선 나를 출세시키기 위해서

만들어진 거야. 이 불행한 늙은 모반자 놈아.

빨리 네 죄의 결산을 해. 칼은 뺐다.

너를 없애버리겠다.

글로스터 　더 없이 고마운 일, 힘껏 찔러다오.

(에드거, 가로막는다)

오스왈드 　이 건방진 농부 놈아,

무엇 때문에 모반자로 수배된 이놈을 감싸는 거냐? 썩 물

러서라!

우물거리면 이놈의 불운이 네게도

달라붙을 것이다. 그놈의 팔을 놓아.

에드거 안 놓을 테다. 그런 이유뿐이라면 나는 안 놓을 테야.

오스왈드 놓아, 이 농부 놈아, 놓지 않으면 너는 죽어!

에드거 제발, 가시던 길이나 가시고, 이 농부는 보내주시오. 위협을 당했다고 내가 죽는다면 나는 두 주일 전에 이미 뻗어버렸을 거요. 이 노인 옆에 오면 안 돼. 저리로 가, 나쁜 소린 않을 테니. 그게 싫다면, 네 대갈통이 단단한지, 이 몽둥이가 단단한지 시험을 해볼 테다. 나는 흐리멍덩한 건 싫어하니까.

오스왈드 닥쳐라, 이 똥 같은 놈아!

에드거 네 앞니를 몽땅 박살낼 테다. 자, 덤벼, 네놈의 칼 따윈 겁 안 나니.

(두 사람 서로 싸운다. 에드거가 오스왈드를 쓰러뜨린다)

오스왈드 이 악한아, 네 손에 내가 죽는구나. 자, 내 지갑을 받아라. 앞으로 잘 지내려거든 내 시체를 묻어다오. 그리고 내가 가지고 있는 편지를 글로스터 백작, 에드먼드 님에게 전해다오. 브리튼군 진영에 있을 것이니 꼭 그를 찾아내. 아, 이처럼 뜻하지 않게 죽다니, 죽다니![76]

(죽는다)

에드거 나는 너를 잘 알고 있어. 악한 일에는 쓸모가 있는 놈이었지. 네 안주인의 악행을 위해서는 더할 수 없이 충실한 놈

---

76 원문은 "Death" 한 단어로 1행.

이었어.

글로스터 아니! 그놈이 죽었나?

에드거 아저씨, 앉으세요, 쉬고 계셔요.

주머니를 뒤져봅시다. 이놈이 말한 편지라는 것이 혹 우리에게 도움이 될지도 모르니까요. 죽어버렸군요. 다만 유감스런 것은 이놈을 사형 집행인의 손에 죽지 못하게 한 것뿐입니다.

이걸까? 봉투 붙이는 밀랍이여, 무례를 용서해다오. 적의 마음을 탐지하기 위해서는 그들의 심장이라도 찢어야 하니, 그들의 편지를 찢는 것은 더 합법적인 것이다.

(읽는다)

"서로 맹세한 것을 잊지 말아주세요. 그를 처치할 기회는 얼마든지 있습니다. 당신께서 원하시면 시간과 장소는 넉넉히 제공될 것입니다. 그가 개선(凱旋)하면 만사휴의(萬事休矣)가 되어 저는 그의 포로가 되고, 그의 잠자리는 저의 감옥이 될 것입니다. 그 참을 수 없는 후텁지근한 잠자리에서 저를 구해주세요. 그리하여 당신께서 수고하고 보수로서 그 잠자리를 대신 당신 것으로 만드소서. 당신의 ─아내라고 부르게 해주세요─ 그리운 애인 고너릴."

아, 한이 없는 여자의 욕정이여!

그 훌륭한 자기 남편의 목숨을 빼앗고,

그 대신 내 동생을 남편으로 삼으려는 모략이로구나! 자,

이 모래 속에

네놈을 파묻어주겠다. 흉악한 간부들 사이를 왕래한

더러운 배달부였던 네놈을. 언제고 시기가 성숙되면,

이 추악한 편지를 보여, 모살을 당할 뻔했던 올버니 공작
의

눈을 놀래주자. 공작을 위해서는 참으로 다행한 일이다,

네놈의 죽음과 용건에 대해서 내가 이야기하게 된 것은.

글로스터 국왕께서는 미치셨는데, 내 머리는 얼마나 완강하기에,

이렇게 버티고 서서, 이 커다란 슬픔을

이토록 민감하게 느끼고 있을까! 미치는 편이 훨씬 낫겠다.

그러면 내 마음은 슬픔에서 떨어져 나가고,

숱한 괴로움도 흐트러진 망상 덕분에

그 자신을 잃어버리고 말 것이다.

(멀리서 북소리)

에드거 손을 주십시오.

멀리서 북소리가 들려옵니다.

자, 아저씨, 친절한 사람들에게 데려다드리죠.

(두 사람 퇴장)

7장

프랑스군의 진영

코딜리어, 켄트, 시의, 신사 등장.

코딜리어 아, 켄트 백작님, 백작님 호의에 보답하기 위해 대체 나는,

얼마나 살아서 애를 쓰면 될까요? 제 인생은 너무나 짧고,

어떤 척도로도 백작님의 호의를 셀 수 없을 것 같습니다.

켄트 그렇게 알아주시는 것만으로도 저는 과분한 보수를 받은

셈이 됩니다.

저의 모든 보고[77]는 엄정한 사실입니다.

과장도 없고 또 줄인 것도 없이 사실 그대로입니다.

코딜리어 옷을 갈아입으세요. 그 옷을 보면 지금까지의 불행을 생

각하게 됩니다.

제발 그건 벗으세요.

켄트 왕비님, 용서해주십시오.

지금 제 정체가 드러나면 저의 계획이 수포로 돌아가게

---

[77] 리어 왕에 관한 보고.

됩니다.

적당한 시기가 와서, 제가 본색을 나타낼 때까지 저를 모르는 체해주시면

그것을 저는 은혜로 생각하겠습니다.

코딜리어 그러면 그렇게 하세요. (시의에게) 왕의 용태는 어떠하시오?

시의 아직 주무시고 계십니다.

코딜리어 아아, 자비로우신 신들이여, 이 학대받은 마음의 커다란 상처를 고쳐주소서!

자식 때문에 변하신 아버님의, 불협화음을 내는 악기처럼 흐트러지신

마음의 줄을 다시 감아주소서!

시의 왕비 전하,

국왕을 깨워드려도 괜찮겠습니까? 충분히 주무셨습니다.

코딜리어 당신의 판단에 맡기겠소.

뜻대로 진행하시오. 옷은 갈아입으셨소?

신사 네, 갈아입으셨습니다. 깊이 잠들어 계시는 폐하께

새 옷을 입혀드렸습니다.

시의 저희가 깨워드릴 때에, 왕비 전하께서 옆에 계셔주기를 바랍니다.

국왕께서는 반드시 기분이 안정되실 것입니다.

이 학대받은 마음의 커다란 상처를 고쳐주소서!
자식 때문에 변하신 아버님의,
불협화음을 내는 악기처럼 흐트러지신
마음의 줄을 다시 감아주소서!
– 4막 6장

코딜리어   좋소.

침대에 잠들어 있는 리어가 실려 나온다. 조용한 음악.[78]

시의   전하, 가까이 오십시오. 음악을 좀 더 크게 해라!

코딜리어   아, 아버님, 힘을 회복하실 약이 제 입술에 깃들어,

두 언니들이 존귀하신 아버님께 입힌 커다란 상처가

이 키스로 나아지시길!

켄트   착하신 왕비님!

코딜리어   비록 자신들의 아버님이 아니었다 하더라도, 이 흰 머리

를 보면,

애처로운 생각이 일어날 텐데. 이 얼굴이

그 사나운 폭풍우를 맞으셔야 했습니까?

그 무서운 번개가 달리는, 천지를 진동하는 우레 소리를

황야에서 들으셔야 했습니까?

하늘을 화살처럼 가로지르는 무서운 전광(電光) 한복판에

서 밤을 뜬눈으로 새우셨단 말입니까ー?

가엾은 보초처럼! ー이 얄팍한 투구만으로? 내 원수의 개

라도,

비록 물린 적이 있었다 하더라도, 그런 밤에는

내 난로 옆에 놓아주었을 거예요. 그런데 불쌍하신 아버

---

78 광증의 치료에 음악이 효과가 있다는 생각이 옛날부터 있었다.

님은

돼지나 부랑자들과 함께, 곰팡내 나는 잠자리를 둘러쓰시고

움막에서 쉬셔야 했단 말입니까?

아, 아버님께서 목숨과 정신 양쪽을 한꺼번에 잃지 않으신 게 이상할 지경입니다. 잠이 깨셨으니 말씀해보오.

시의 왕비 전하께서 먼저 말씀하시는 것이 제일 좋습니다.

코딜리어 어떠세요? 폐하, 기분이 어떠세요?

리어 왕 나를 무덤 속에서 꺼내지 마라.

당신은 천국의 영혼이야. 하지만 나는 지옥에서

불바퀴[79]에 결박되어 있어. 내가 흘리는 눈물은 녹은 납같이 되어

내 얼굴을 태우고 있어.

코딜리어 폐하, 저를 아시겠습니까?

리어 왕 당신은 망령이지, 알고 있어. 언제 죽었소?

코딜리어 정신을 회복하시려면 아직 멀었어!

시의 아직 잠이 덜 깨셨습니다. 잠시 혼자 계시도록 하세요.

리어 왕 나는 여태 어디 있었나? 내가 지금 어디 있나? 이 밝은 건 햇빛인가?[80]

---

79 '불바퀴'는 신약성서 〈경외전(經外傳)〉이 근거인 듯한데, 중세 때에는 지옥, 연옥(煉獄)의 한 모양으로서 전통적인 것이었다. 윌슨 나이트(Wilson Knight)의 셰익스피어 비극론에 '불바퀴'란 제목을 붙인 것이 있다.

80 시의가 진단한 바와 같이 리어는 이제 완전한 착란 상태는 아니다.

나는 속임수에 빠져 있어.[81] 다른 사람이 이런 꼴을 당하는 것을 본다면,

가엾어서 나는 죽어버릴 거야. 뭐라고 말해야 할지 모르겠다.

이게 정말 내 손일까? 시험해보자 —.

바늘을 찌르면 아프구나. 내가 대체 어떤 상태에 있는지, 그걸 똑똑히 알고 싶구나!

코딜리어 아, 아버님! 저를 보세요.

그리고 손을 뻗어 저를 축복해주세요.

(코딜리어, 무릎을 꿇는다. 리어도 무릎을 꿇으려 한다)

아니, 안 돼요, 아버님. 무릎을 꿇으시면.

리어 왕 제발 나를 조롱하지 마오.

나는 어리석은 늙은이요.

나이는 여든을 넘었는데, 그 이상도 그 이하도 아니오.

그리고 솔직히 말해서,[82]

내 마음은 완전한 상태가 아닌 듯하오.

나는 당신과 이 사람을 알 것 같은데,

확실치가 않소.

무엇보다 여기가 어딘지 나는 통 모르겠소.

그리고 아무리 생각을 해도,

---

81 코딜리어의 모습을 무슨 착각으로 생각하는 것이다.
82 광증에서 자기 정신으로 돌아가려는 리어의 고민.

이 옷을 기억할 수가 없고, 또 어젯밤에

내가 어디서 잤는지 알 수가 없소.

제발 나를 비웃지 마오,

이 부인은 확실히 내 딸 코딜리어같이 생각되는데.

코딜리어 그렇습니다, 그렇습니다.

리어 왕 눈물을 흘리고 있니? 그렇군, 흘리는군.

제발 울지 마라.

네가 독약을 마시라면, 나는 그것을 마시겠다.

네가 나를 사랑하지 않는 것을 나는 안다.

네 언니들은, 나는 잘 기억하지, 나를 몹시 학대했어.

네게는 그만한 이유가 있지만, 그것들에게는 그럴 이유가

없다.

코딜리어 이유 같은 건 없어요, 없어요.

리어 왕 나는 프랑스에 있나?

켄트 폐하의 왕국에 계십니다.

리어 왕 나를 속이지 마라.

시의 왕비 전하, 안심하십시오. 보시다시피 심한 착란 상태는,

이제 진정이 되셨습니다. 하지만 아직 위험합니다,

잃으신 단절의 시간을 지금 당장 메우려 하시는 것은.

안으로 들어가시도록 말씀하시고, 조금 더 안정되실 때까

지는

편히 쉬시도록 하는 것이 좋을 듯합니다.

코딜리어　폐하, 안으로 들어가시지요.

리어 왕　같이 와다오.

제발 잊고, 용서해다오.

나는 늙고 어리석으니까.

(리어, 코딜리어, 시의, 종자들 퇴장)

신사　콘월 공작이 그렇게 피살되었다는 것은 정말입니까?

켄트　확실하오.

신사　공작의 군대는 누가 통솔하고 있소?

켄트　소문에는 글로스터의 서자라 합니다.

신사　이것도 소문이오만, 그의 추방된 아들 에드거는 켄트 백

작과 함께 독일에 있다 하오.

켄트　소문은 믿을 수가 없소.

그보다 지금은 감시를 엄중히 해야 하오.

적군이 급속도로 다가오고 있으니.

신사　피비린내 나는 결전이 벌어질 것 같소.

잘 가시오.

(퇴장)

켄트　오늘의 싸움의 승패에 따라서,

내 생애의 목적과 의도가 달성되느냐 안 되느냐가 결정될

것이다.

(퇴장)

5막

1장
도버 부근 브리튼군 진영

북, 군기를 든 병사를 데리고 에드먼드, 리건, 신사들, 병사들 등장.

에드먼드   공작한테 가서 일전의 계획대로 하실 작정인지,

아니면 그 후 어떤 사정으로 계획을 변경하셨는지,

확실히 알아 오오. 공작께서는 늘 생각을 바꾸시고

자신을 책망하고 계시니,

공작의 최종적인 결정을 알아 오오.

(신사 한 사람 퇴장)

리건   언니의 하인[1]은 확실히 무슨 사고가 생겼나 봐요.

에드먼드   그럴지도 모르겠어요.

리건   그런데 에드먼드 님.

제가 당신에게 호의를 가지고 있다는 걸 아시지요?

가르쳐주세요 ─ 거짓말은 싫어요 ─ 사실대로 말씀해주세

---

1   오스왈드를 가리킴. 4막 5장에서 리건이 오스왈드와 헤어졌을 때, 그는 에드먼드에게 향
하고 있었다. 그랬는데 아직 도착하지 않은 것이다.

요.

당신은 언니를 사랑하지 않으세요?

에드먼드 공명정대한 사랑이라면.

리건 그게 아니라, 당신께서는 형부밖에는 못 들어가는 곳[2]에

가신 일이 없어요?

에드먼드 그런 걸 생각하시는 것은 <u>스스로</u>를 더럽히는 일입니다.

리건 당신은 언니와 친밀히 맺어져서

이미 언니의 사람이 돼버린 게 아닌가요?

에드먼드 그런 일은 없어요. 제 명예를 두고 맹세합니다.

리건 언니라도 용서하지 않을 거예요. 제발

언니와 가까이 마세요.

에드먼드 걱정 마십시오. 그 언니와 주인이신 공작께서 오십니다!

북과 군기, 올버니, 고너릴, 병사들 등장.

고너릴 (방백) 차라리 전쟁에 지는 편이 낫겠다, 동생한테 져서

저 사람을 뺏기느니보다는.

올버니 콘월 공작부인, 반갑습니다.

(에드먼드에게) 실은 이런 말을 들었소.

국왕은 그의 딸 코딜리어한테로 가셨는데,

우리나라의 학정에 불만을 터뜨린 자들과 행동을 같이하

---

2 고너릴의 침실.

고 있다 하오.

나는 정의의 싸움이 아니면 절대로 용기를 내지 않는 사
람인데,

이번 일에 대해서는,

프랑스가 우리 국토를 침략하는 것이 목적이며,

국왕과 그 종자들을 고무 격려하기 위한 것이 아니므로,

우리로서도 이를 묵과할 순 없소.

하긴 국왕과 그 종자들에겐 반항할 만한,

당연하고도 중대한 대의명분이 있는 것이지만.

에드먼드　훌륭하신 말씀입니다.

리건　왜 그런 걸 따지세요?

고너릴　힘을 모아 적에게 대항합시다.

그따위 내부적인 다툼은

여기서 문제 삼을 것이 못 되니까.

올버니　그럼 역전의 용사들을 소집하여

작전을 짭시다.

에드먼드　곧 공작님의 막사로 가겠습니다.

리건　언니, 우리하고 같이 가시겠어요?

고너릴　아니.

리건　같이 가시는 게 제일 좋아요.

제발 그렇게 해요.

고너릴　(방백) 아, 그 수수께끼의 속셈을 알겠다. (리건에게) 나도

가겠다.

그들이 나가려고 할 때 변장한 에드거 등장.

에드거 이렇게 비천한 사람이옵니다만, 허락해주신다면,

한 말씀 드릴 일이 있사옵니다.

올버니 (일동에게) 나는 뒤따라가겠소.

(에드먼드, 리건, 고너릴, 병사들, 종자들 퇴장)

(에드거에게) 말해봐라.

에드거 전투가 시작되기 전에 이 편지[3]를 떼어보세요.

공작님께서 승리하셨을 때는, 이것을 지참한 사람[4]을 위해서

나팔을 불어주십시오. 비천한 차림을 하고 있습니다만,

그 속에 명기된 것을 칼로 입증하겠습니다. 만약

패전하신다면 공작님의 이 세상에서의 일도 끝이 나고,

따라서 책략 음모[5]도 종식될 것입니다. 행운을 빕니다!

올버니 편지를 다 읽을 때까지 기다려라.

에드거 그건 안 됩니다.

때가 오거든 전령을 시켜 불러주십시오.

---

3 4막 6장에 있던, 고너릴이 에드먼드에게 보내는 편지.
4 즉 자기.
5 올버니의 목숨을 노리는 음모.

그때에는 반드시 나타날 것입니다.

올버니　그럼, 잘 가거라.

네 편지는 읽어두겠다.

(에드거 퇴장)

에드먼드 다시 등장.

에드먼드　적군은 눈앞에 다가왔습니다. 아군을 진격시켜주십시오.

여기 적군의 병력과 장비의 추정이 있습니다.

척후병이 면밀히 조사한 것입니다. 하지만 사태는 시급을

요합니다. 서둘러주십시오.

올버니　그 요청에 응하겠소.

(퇴장)

에드먼드　두 자매에게 나는 사랑을 맹세했다.

서로 상대방을 경계하고 있다. 마치 한 번 독사에 물리면,

그 후 극단적으로 독사를 경계하듯이. 어느 쪽을 내 것으

로 만들까?

양쪽 다 할까? 한쪽만 할까? 아니면 양쪽 다 그만둘까?

양쪽 다 살아 있으면,

어느 쪽도 내 것으로 만들 수가 없지. 과부를 내 것으로

만들면,

언니 고너릴이 화를 내고 미쳐버릴 테지.

하지만 고너릴로 말하더라도, 목표물[6]을 붙들긴 어려울
것이다.

그의 남편이 살아 있는 한은. 그러니 지금은 전쟁을 위해
그자의 명성과 수완을 이용키로 하고, 전쟁이 끝나면
그자를 없애고 싶어 하는 그 여자더러, 그자를 빨리
처치하는 방법을 생각해내라고 해야지.

그자는 리어와 코딜리어에게 자비를 베풀려고 하지만, 전
쟁이 끝나면,

두 사람이 내 포로가 될 테니까,

두 사람이 살아서 그의 용서를 받지는 못할 것이다. 내게
중요한 것은,

나를 지키는 일이지, 결코 이론을 따지는 일이 아니다.

(퇴장)

---

6 왕권.

2장

두 진영 사이의 평원

무대 안에서 돌격 전진의 나팔 소리. 북, 군기와 함께 리어, 코딜리어, 그 부대 병사들이 등장하였다가 무대를 건너 퇴장.

에드거와 글로스터 등장.

에드거   아저씨, 이 나무 그늘에서 쉬면서,
          정의가 이기도록 기도를 하세요. 만약 제가 돌아오면,
          아저씨를 기쁘게 해드릴 테니.
글로스터   네게 신의 은총이 내리길!

(에드거 퇴장)

돌격 전진의 나팔 소리. 이어 퇴각하는 소리. 에드거 다시 등장.

에드거   달아나세요, 아저씨. 자, 손을 주세요. 달아나요!
          리어 왕과 그 따님은 포로가 되었어요.

자, 손을 줘요.

글로스터　여기면 됐어, 여기서도 죽을 수 있어.

에드거　아니, 또 이상한 생각을 하세요? 사람은 참아야 해요,

이[7] 세상을 떠날 때나, 이 세상에 태어날 때나.

때가[8] 성숙하는 일이 중요해요, 자.

글로스터　그것도 맞는 말이야.

(두 사람 퇴장)

7　4막 6장 참조. 이 철학은 리어한테서 에드거에게, 에드거에게서 글로스터에게 전해진 것
인데, 4막의 장면에서는 글로스터도 있었다. 이것을 되풀이하는 에드거의 진의는?

8　이런 표현의 근원은 몽테뉴일 것이라고 생각된다. 전편의 비극의 한 주제라 할 수 있다.

3장
도버 부근 브리튼군 진영

개선(凱旋), 북, 군기, 에드먼드, 포로가 된 리어와 코딜리어, 장교들, 병사들
등장.

에드먼드　장교 몇 사람은 저 포로들을 데리고 가라.

처분에 대한 상부의 지시가 있을 때까지

엄중히 감시하라.

코딜리어　우리가 처음이 아닙니다,

최선의 의도를 품었으면서도 최악의 사태를 초래한 것은.

학대받으신 왕, 아버님을 생각하면 저는 기운이 죽어버립

니다.

저뿐이라면 믿을 수 없는 운명의 여신 따윈 흘겨줄 수도

있을 테지만.

아버님의 딸들, 저의 언니들을 만나보시겠습니까?

리어 왕　아니, 아니, 안 만나겠다, 안 만나겠다! 자, 감옥으로 가자.

거기서 우리는 단 둘이 새장 안에 든 새처럼 노래를 하자.

네가 내게 축복을 해달라면, 나는 무릎을 꿇고,

너의 용서를 빌겠다. 그렇게 해서 우리는

날을 보내고, 기도를 하고, 노래를 부르고, 옛이야기를 하

고, 금빛 나비들[9]을 웃어주자.

가엾은 자들이 궁중 소식을 들려주겠지.

그리고 우리도

누가 실각하고, 누가 성공하고, 누가 등용되고, 누가 세력

을 잃었는지,

그들과 같이 이야기하면서, 마치 우리가 신의 밀사인 양,

인생의 신비를 아는 체하자. 그리고 우리는

벽에 둘러싸인 감옥에서, 달의 출입과 함께 차고 기우는

거물들의 파벌의 소장(消長)을 바라보면서, 오래오래 살아

가자꾸나.

에드먼드 포로들을 데리고 가라.

리어 왕 이러한 희생물[10]에게는, 코딜리어야,

신들 자신의 손으로 향을 피워주실 것이다. 나는 너를 붙

잡고 있지?

우리 두 사람을 떼놓으려는 놈은 하늘에서 횃불을 훔쳐

와서,

---

9 (화려한) '궁정 사람들'로 보는 학자도 있다.

10 코딜리어만을 가리킨다고 생각하는 사람도 있지만, 리어의 대사의 계속을 생각하면, '우
리 두 사람'으로 보는 것이 타당할 듯하다.

여우를 내몰듯 여기에 불을 질러야 해.

눈물을 닦아라.

우리가 그자들 때문에 울기 전에,

불길한 영화(榮華)[11]가 그자들의 살과 가죽을 온통 먹어치

울 것이다. 그자들이 먼저 굶어죽을 것이다. 자, 가자.

(리어 왕과 코딜리어, 호위되어 퇴장)

에드먼드 대장(隊長), 이리 와서 내 말을 들어.

(서장(書狀)을 주며) 이 서장을 가지고, 두 포로를 뒤쫓아 감

옥으로 가라.

나는 이미 너를 일 계급 승진시켰어. 만약 네가

이 서장[12]에 지시된 대로 실행한다면, 운이 열리고,

출세가도를 달리게 될 것이다. 사람은

시기를 좇아 행동해야 한다는 것을 알아야 해. 유순한 마

음은

군인에겐 어울리지 않아. 너의 중대한 사명은

이론을 용서치 않으니까, 너는 명령대로 하든지,

싫으면 다른 방법으로 살아가도록 해.

장교 명령대로 하겠습니다, 각하.

에드먼드 그럼 곧 착수해. 그리고 일이 끝나거든 너는 행복하다고

---

11 원문 "The good years"는 여러 가지로 해석되는 곳. '악역', '마성(魔性)'의 뜻으로 보는 학자
도 많지만, 여기서는 뮈어(K. Muir)를 따라, (그들의) "불길한 영화"로 해석해둔다.

12 에드먼드와 리건이 만든, 리어와 코딜리어 살해 명령서.

생각해.

알겠나―지금 곧, 내가 지시한 대로[13]

실행하란 말이야.

장교 저는 수레나 끌고, 말린 귀리나 먹는, 말 같은 인간이 아닙니다.

사람이 하는 일이라면 뭣이든 하겠습니다.

(퇴장)

팡파르, 올버니, 고너릴, 리건, 장교들, 병사들 등장.

올버니 백작은 오늘 타고난 용맹성을 유감없이 보여주었소.

물론 운도 좋았소. 또 백작은 오늘 전투의 목적인 두 사람도 포로로 잡아주었소.

두 사람의 대우에 대해서는 그 죄와 우리의 안전을 평등하게 고려하여 결정하길 바라오.

에드먼드 실은 저는,

저 가엾은 노왕을 적당한 곳에 유폐하여,

감시인을 붙여두는 것이 적당하다고 생각했습니다.

고령에는 어떤 마력이 있고, 국왕이라는 칭호 때문에,

일반 민중의 동정이 그 편으로 쏠릴 뿐 아니라,

---

13 코딜리어가 자살한 것처럼 꾸민다.

우리가 징집한 군인들이 그 창끝을

지휘관인 우리에게 돌릴 염려가 있습니다. 왕과 함께 프

랑스 왕비도 가두었는데

그 이유는 같습니다. 두 사람은 내일이나,

또는 그 이후에 공작께서 재판을 여시는 곳에

언제든 출두하게 되어 있습니다. 현 시점에서는,[14]

우리는 피와 땀을 흘리고 있고, 친구는 친구를 잃고 있습

니다.

어떠한 정의의 기치도 이 전쟁의 열기 속에서는

전쟁의 피해를 혹심하게 입은 사람들의 저주의 표적이 될

뿐입니다.

코딜리어 부녀의 문제는 더 적당한 장소와 시기를 택해서

심의되어야 하리라고 생각합니다.

올버니　실례지만,

나는 백작을 이번 전쟁에 있어서 부하로 생각하지,

형제라고는 생각하지 않소.

리건　그[15] 자격은 내가 이분에게 드리겠습니다.

그렇게 말씀하시기 전에 내 의향을 물어보아야 하셨을 것

입니다.

---

14 이런 상태에서는 두 사람이 만족스런 재판을 받을 수 없다는 에드먼드의 위선.

15 여기서 리건은 벌써 여왕이 된 듯한 태도로, 1인칭 단수인 '나'를, 영어의 "royal we"—왕위
에 있는 자는 1인칭 단수로 말할 때 'I'대신 'we'를 쓴다—'짐……'으로 사용하고 있다.

이분은 나의 군대를 지휘하였을 뿐 아니라,

내 지위와 신분의 전권을 위임받고 있습니다.

그만큼 밀접한 관계이므로, 당신이 형제라 불러도 상관없

다고 생각합니다.

고너릴 그렇게 흥분하지 마라.

이분은 자신의 힘 때문에 훌륭하신 거야.

너한테서 칭호를 받으실 필요는 없어.

리건 내가 준

나의 권한을 행사하시기 때문에, 이분은 최고 지휘자와

같아지는 거예요.

고너릴 그분이 네 남편이 되면 그야말로 최고급이겠지.

리건 익살쟁이 광대는 흔히 예언자가 되기도 하죠.[16]

고너릴 저런! 그런 예언을 한 사람의 눈은 틀림없는 사팔뜨기[17]일

거야.

리건 언니, 나는 지금 몸이 아파요.[18] 그렇지 않으면 뱃속에 끓

어오르는

화를 터뜨려 응수할 텐데. 장군,

내 병사와 포로, 재산을 당신에게 드릴 테니

---

16 '농담 속에 진실이 있다'는 말과 같은 종류의 격언적인 표현.

17 이것도 '사랑은 질투 때문에 사팔뜨기를 만든다'(사실을 직시하지 못하게 한다)는 당시의 격
언적인 말과 관련지어 표현한 말.

18 뒤에 나오듯이 고너릴은 리건에게 독약을 먹인 것이다!

그 모든 것을 자유로이 사용하세요, 나 자신도. 이 여자의

성(城)[19]은 당신 것이에요.

온 세상을 증인으로, 나는 여기서 당신을

내 남편, 내 주군으로 모시겠어요.

고너릴 이 사람을 네 것으로 만들 작정이야?

올버니 (고너릴에게) 당신에겐 저지할 권한이 없소.

에드먼드 (올버니에게) 당신에게도 없을걸요.

올버니 서복(庶腹)군, 내게는 있다.

리건 (에드먼드에게) 북을 울리고, 내 권리가 당신의 것이 되었

다는 것을 증명하세요.[20]

올버니 잠깐[21] 내 말을 들어. 에드먼드,

나는 너를 반역죄로 체포한다. 동시에 이 금빛으로[22] 번쩍

이는 독사를 (고너릴을 가리키며) 고발한다.

리건, 당신의 요구에 대해서는

나는 내 아내를 대신하여 이의를 제기하겠소.

그녀는 이분과 재혼을 약속했기 때문에

나는 그녀의 남편으로서 당신의 결혼 선언에 이의를 제기

하오.

---

19 여자의 마음은 흔히 성(城)에 비유되었다.

20 무기(武器)로써. 결투로써.

21 오스왈드한테서 빼앗은, 고너릴이 에드먼드에게 보내는 편지를 갖고 있는 올버니는 조금
도 당황하지 않는다.

22 인공적으로 여러 가지 장식을 하여. 4막 6장, 5막 3장 참조.

정 결혼을 하고 싶다면 나한테 신청을 하오.

내 아내는 이미 계약이 돼 있으니까.

고너릴   서투른 연극이로군!

올버니   글로스터, 너는 무장을 하고 있으니 나팔을 불게 해.

만약 네놈이 여러 가지 흉악하고 명백한 죄과를

분명히 범했다는 것을 입증할 사람이 아무도 나타나지

않는다면,

내가 상대해줄 테다.

(장갑을 던진다)

네놈의 죄악이 내가 지금 말한 이상의 것임을,

네놈의 가슴이 입증할 때까지, 나는 아무것도 먹지 않을

테다.

리건   괴로워, 아, 괴로워!

고너릴   (방백) 괴롭지 않다면 독약도 믿을 수가 없게.

에드먼드 이것이 내 응답이다.

(장갑을 던진다)

나를 반역자라고 부르는 놈은

대체 어떤 놈이냐? 그놈이야말로 거짓말하는 대악한(大惡

漢)!

나팔을 불어라. 감히 덤비는 놈에겐 그놈이든 이놈이든

어느 놈이든 간에,

내 진실과 영예를 입증해주겠다.

올버니 여어, 전령!

에드먼드 (자기 군대에게) 전령, 여어, 전령!

올버니 너 혼자의 힘에나 의지해. 네 군대는

내 명의로 징집했으므로

내 명의로 해산시켰다.

리건 괴로워 못 견디겠어!

올버니 병이 심하군. 내 막사로 데려가.

(리건 부축 받으며 퇴장)

전령 등장.

이리 와, 전령 — 나팔을 불어 — 그리고 이것을 소리 내어 읽어라.

장교 나팔수, 불어!

(나팔 소리)

전령 (읽는다) "아군 장병으로서, 문벌과 지위 높은 자 중, 글로스터 백작을 잠칭(潛稱)하는 에드먼드에 대하여, 그가 여러 가지 죄를 범한 반역자임을 주장하고자 하는 자는 세 번째 나팔 소리가 나거든 출두하라. 피고는 도전에 응할 것임." 불어라.

(첫 번째 나팔 소리)

또 한 번!

또 한 번!

세 번째의 나팔 소리를 듣고, 무장하고 나팔수를 앞세운 에드거 등장. 투구
때문에 얼굴은 안 보인다.

올버니 (전령에게) 이유를 물어봐라, 이 나팔 소리를 듣고 왜 그가
출두했는지.

전령 그대는 누구요? 이름은? 신분은? 또 어째서 이 나팔 소리
를 듣고 응답을 했소?

에드거 내 이름은 없어졌소.
반역자의 이빨에 물어뜯기고, 벌레에 파먹힌 때문이오.
하지만 귀족이오. 내가 지금부터 싸우려는
상대자와 대등하오.

올버니 그 상대자란 누군가?

에드거 글로스터 백작, 에드먼드란 자는 어디 있소?

에드먼드 바로 난데, 내게 한 말이 무엇이지?

에드거 네 칼을 빼라.
내 말이 귀족의 신분인 네 감정을 상하게 한다면,
네 칼로 네 자신의 결백을 증명해보여라. 나도 뺀다.

봐라, 이것이야말로[23] 나의 명예, 나의 맹세, 나의 본분이

갖는 특권이다. 나는 단언한다―.

네가 아무리 힘이 세고 젊고, 높은 지위에 있다 할지라도,

또 네가 아무리 승리의 칼을 차고, 또 네 행운이 아무리

뜨거운 주형(鑄型)에서 방금 꺼낸[24] 쇠처럼 새롭다고 할지

라도,

또 네가 아무리 용감하고 용기 있다 할지라도―네놈은

반역자다.

신을, 네 형을, 또 네 부친을 배반하고

여기 계신 걸출한 공작께 대하여는 음모를 꾸몄기에,

네놈은 머리 꼭대기서부터 발끝, 그 발밑의 먼지에 이르

기까지,

온몸이 독 반점투성이인 두꺼비처럼 더러운 반역자다.

만약 네가 그것을 부정한다면, 이 칼이, 이 팔이,

내 용기가, 네놈의 심장에 달려들어,

네놈을 거짓말쟁이라고 말해주겠다.

에드먼드　　원래는 네 이름을 요구해야겠지만,

보기에 외양이 훌륭하고, 늠름해 보이며,

또 네 말씨에도 품위가 엿보이기 때문에,

기사도 규칙에 의해서는 이러한 도전에 응할 필요도 없

---

23 기사도에서의 최대의 악, 반역죄에 도전하는 일.

24 금속류의 주조의 비유. 금방 모양이 되어 나와 아직 흐느적거리는 상태.

고, 응해서도 안 되겠지만,

나는 감히 규칙을 물리치는 것이다.

그래서 나는 그 여러 가지 반역의 악명을

네놈의 머리에 눌러 씌우고, 네가 말한 그 지옥같이 싫은

거짓말로 네 심장을 짓눌러줄 테다.

하지만 그 오명이 아직 심장 옆을 스쳐 지나가기만 하고,

조금도 상처를 입히지 않은 듯하니,

이 칼로 네 심장을 찔러,

그 오명이 네 심장 속에 영원히 머물러 있도록 해줄 테다.

나팔을 불어라.

(경종 소리. 두 사람 싸운다. 에드먼드 쓰러진다)

올버니   죽이면 안 돼, 죽이면 안 돼![25]

고너릴   글로스터 님, 이것은 음모예요. 기사도의 규칙에 의해서

당신은 정체불명의 상대자와

결투할 필요가 없는 거예요. 당신은 진 것이 아니고,

속은 거예요, 모략에 걸린 거예요.

올버니   입 닥쳐.

그렇지 않으면 이 편지로 입을 막아버릴 테니.

(에드거가 쓰러진 에드먼드를 찌르려 한다. 올버니 그것을 말린다)

중지해요.

(고너릴에게) 이 말할 수 없는 악한아, 네 죄악을 읽어봐.

---

25 죽이지 않고 에드먼드에게 자백시켜, 그를 공식으로 탄핵하려는 게 올버니의 의도다.

(고너릴이 편지를 잡아채려 한다)

찢지 마, 이것아, 너도 기억이 나는 모양이구나.

고너릴　기억이 난다 해도 법률은 내 것이지 당신 것은 아니에

요.[26]

누가 나를 비난할 수 있어요?

올버니　극악무도한 짓! 이 편지를 안단 말이지?

고너릴　내가 아는 일을 나한테 묻지 말아요.[27]

(고너릴 퇴장)

올버니　뒤를 따라가. 자포자기가 되어 있으니 진정시켜.

(장교 퇴장)

에드먼드　내가 범했다고 네가 규탄하는 그 죄를 나는 확실히 지었

을 뿐 아니라,

그 밖의 훨씬 더 많은 죄를 범했는데, 때가 오면 다 밝혀

질 것이다.

모든 일은 끝났다. 나 역시 그렇다. 그런데 너는 대체 누

구냐?

이렇게 운수 좋게 나를 때려눕힌 놈은? 귀족 출신이라면

너를 용서해주겠다만.

에드거　이제 서로 용서를 교환하자.

---

26 이제 내가 주권자며, 당신 따위는 아무것도 아니다.

27 내가 알고 있는 것, 즉 그 편지를 내가 썼다고 인정하면, 모든 죄를 용서해주기라도 하겠
단 말인가? 그런 말은 하고 싶지도 않다. 더구나 "기억이 난다 해도……"에서 이미 인정하
고 있지 않은가. 다음 에드먼드의 대사에 나오듯이, 이제 "모든 것은 끝났다."

나는 혈통이 너만 못지않은 사람이다, 에드먼드야.

내가 너보다 우월하다면[28] 그만큼 네 죄는 더 무거운 것

이란다.

내 이름은 에드거, 네 아버지의 아들이다.

신의 심판은 공정하셔서, 불의의 쾌락을 도구로 하여

인간을 벌하시는 것이다.

아버님이 너를 만드신, 그 어둡고 사악한 침상이

그 두 눈을 빼앗은 것이다.

에드먼드　옳소. 그 말이 맞소.

운명의 바퀴는 한 바퀴 돌아서

지금 나는 이 지경이 되었소.

올버니　(에드거에게) 자네의 동작만 보아도 자네가 고귀한 집안에

서 태어난 것을 알았네. 자, 껴안게 해주게.

(서로 포옹한다)

내가 자네나 자네 부친을 미워한 적이 있었다면,

슬픔 때문에 이 가슴이 찢어져도 할 말이 없을걸세.

에드거　공작 각하, 잘 알고 있습니다.

올버니　지금까지 어디 숨어 있었나?

아버님의 재난은 어떻게 알았나?

에드거　아버님을 돌봐드렸기 때문에 알았습니다. 간단히 말씀드

---

28 에드먼드는 '서복(庶腹)'이니까.

리지요.

이야기가 끝나면, 아, 이 가슴도 터져버렸으면!

그 잔혹한 추방 포고문에 쫓겨 ― 아, 산다는 것은 즐거운
일!

시시각각으로 죽음의 고통을 맛볼지라도

단번에 죽어버리기보다는 나으니까요! ― 미치광이 거지
의 누더기를 걸치고,

개조차 멸시할 듯한 몸차림을 할 것을 생각했습니다.

그리고 그런 몸차림으로 부친을 만났는데,

존귀한 두 보석을 갓 잃어 공허해진 두 눈에서는 피가 흘
러내리고 있었습니다. 그래서 부친의 안내역이 되어,

부친의 손을 이끌고, 그를 위하여 거지 노릇도 하면서 절
망에서 그를 구원했습니다.

그런데 제가 무장을 하게 된 약 반 시간 전까지는 결코 ―
아아, 그것이 잘못이었습니다! ― 제 정체를 부친에게 밝
히지…….

오늘 이 시합에서 이길 것이라고 생각하면서도 확실치는
않았기 때문에,

조금 전에, 아버님의 축복을 빌고, 제 방랑 생활의 자초지
종을

이야기해드렸습니다. 하지만 이미 상처 입으신 아버님의
심장은

아아, 이 폭풍우에는 견딜 수 없으셨던지,

기쁨과 슬픔이라는 감정의 양극에 찢겨

웃음을 지으시면서 터져버렸습니다.

에드먼드 그 이야기에는 정말 감동했소.

나도 이제 참인간이 되겠지요. 하지만 더 이야기를 계속

하오.

형님의 얼굴을 보니 더 이야기할 것이 있을 듯하오.

올버니 더 있다면 더 슬픈 이야기겠지. 그만하게.

내 가슴이 터질 듯하네.

에드거 슬픔을 좋아하지 않는 사람들에게는

이야기가 여기서 끝난 것같이 보이겠지요. 하지만 또 하

나의 이야기는,

자세히 말한다면 슬픔을 더 크게 하여,

그 극한을 넘어서게 될 것입니다.

제가 울부짖고 있을 때, 어떤 사람이 하나 나타났습니다.

그 사람은 제가 비참한 거지의 모습을 하고 있을 무렵에

만나서

제게 접근하기를 피하던 사람인데, 이번에는 아버님의 별

세를 슬퍼하는 제 정체를 알게 되자, 그 강인한 팔로

제 목을 껴안고, 하늘을 찌를 듯한 큰 소리로 울더니, 자

기 몸을 던지듯이 아버님의 유해를 얼싸안고,

리어 왕과 자기 자신에 관해서 사람으로서는 들어본 적

도 없는

애처로운 이야기를 했습니다. 그 이야기를 하는 동안에

그분의 슬픔이 복받쳐 올라서 그분의 목숨이 끊어질 지경

이 되었습니다.

그때 나팔 소리가 두 번 울렸기 때문에

까무러친 그분을 남겨두고 저는 이리로 왔습니다.

올버니　　그분은 누구였나?

에드거　　켄트 백작, 추방된 켄트 백작입니다. 그는 변장을 하고,

원수같이 생각해야 할 왕을 따라다니면서, 노예도 달갑게

여기지 않을

힘든 일들을 왕을 위해서 했습니다.

피투성이가 된 칼을 들고 한 신사 등장.

신사　　큰일이오, 큰일이오. 큰일이 났소!

에드거　　뭐가 큰일이야?

올버니　　말해봐.

에드거　　그 피투성이 칼은 웬일이야?

신사　　아직 더운 피에서 김이 나오.

지금 막 가슴에서 뽑았기 때문에 ― 아, 그분은 돌아가셨

습니다!

올버니　　누가 죽었어. 말을 해.

신사	각하의 부인께서요. 부인께서는 자기 동생을
	독살했습니다. 부인께서 자백하셨습니다.
에드먼드	나는 그 두 사람과 약혼을 했으니, 이제
	세 사람이 한꺼번에 결혼하게 되었군.
에드거	켄트 백작이 오십니다.
올버니	두 사람의 유해를 이리로 날라라. 생사는 물을 것도 없다.
	하늘의 이 심판을 보고 우리는 무서워 떨기는 하지만,
	연민의 정은 잃지 않는다.

(신사 퇴장)

켄트 등장.

아, 켄트 백작이오?

때가 때인 만큼, 서로 인사를 차릴 겨를이 없소,

유감이오만.

켄트	주군이시며 국왕이신 분에게 영원한 작별 인사를 드리러
	왔는데, 여기 안 계십니까?
올버니	중대한 일을 잊고 있었군!

에드먼드야, 말해, 왕은 어디 계시냐? 코딜리어는 어디 있

느냐?

켄트 백작, 저 광경이 보이오?

(고너릴과 리건의 시체를 날라 온다)

272

켄트 아아, 이 어찌된 일입니까?

에드먼드 하지만 에드먼드는 사랑을 받고 있었다.

나를 사랑한 때문에 한 사람이 또 한쪽을 독살하고,[29]

그 후에 자살한 것이다.

올버니 사실이지. 시체의 얼굴을 덮어라.

에드먼드 숨이 끊어질 것 같다. 내 본성과는 어울리지 않지만 한 가지 착한 일을 하고 싶다. 빨리 사람을 보내요.

잠시도 지체 말고 성(城)으로. 리어 왕과 코딜리어를 죽이라는 내 지령을 보냈소.

제발 늦지 않게 사람을 보내요.

올버니 뛰어라, 뛰어라, 뛰어가라!

에드거 공작님, 누구에게로 갈까요? (에드먼드에게) 누가 신변을 맡고 있나?

석방 허가증을 보내야 돼.

에드먼드 잘 생각했소. 내 칼을 가지고 가서 대장에게 주시오.

올버니 있는 힘을 다해 빨리 가게.

(에드거 퇴장)

에드먼드 공작부인과 내가, 옥중에서 코딜리어의 목을 졸라 죽이라고 명령했소.

그녀가 절망한 나머지 자살한 것처럼 꾸밀 셈이었소.

올버니 신들이여, 코딜리어를 지켜주소서!

---

29 고너릴이 리건을.

이자를 잠시 저쪽으로 데려가라.

(에드먼드 운반돼 나간다)

리어가 코딜리어의 시체를 안고 다시 등장. 에드거, 대장, 기타 뒤따른다.

리어 왕   울어라, 울어라, 울어라, 울어라! 아아, 너희는 돌로 된 사람이다!

내게 너희와 같은 혀와 눈이 있다면, 그것을 써서

저 창궁(蒼穹)의 둥근 지붕을 쳐부숴버렸을 것이다. 그 애는 영원히 가버렸다!

사람이 죽었는지 살았는지 나는 잘 알아.

그 애는 죽어서 흙같이 돼버렸다. 거울을 좀 빌려다오.

만약 입김이 서려 거울이 흐려지든지 더러워지면

그러면 이 애는 살아 있는 것이다.

켄트   이것이 이 세상의 종말인가?

에드거   아니면 그 무서운 날의 그림자인가?

올버니   하늘도 떨어지고, 세상도 종말이 와라.

리어 왕   이 깃이 움직인다. 내 딸은 살아 있다. 만약 그렇다면,

내가 견뎌온 모든 슬픔이

이제 보상될 텐데.

켄트   (무릎을 꿇으며) 아아, 주인이시여!

리어 왕   저리로 가,

에드거　저분은 폐하께서 잘 아시는 켄트 백작이십니다.

리어 왕　염병할 놈들! 너희는 모두 살인자야, 모반자야!

이 애를 살릴 수도 있었는데. 하지만 죽어버렸다!

코딜리어야, 코딜리어야! 잠깐 기다려라. 아!

너 지금 뭐라고 그랬니? 이 아이의 목소리는 언제나 부드 럽고,

착하고 조용했는데, 여자로서는 더없이 아름다운 특징이 었지.

네 목을 조른 놈은 내가 죽여버렸다.

대장　사실입니다. 왕께서 그놈을 죽이셨습니다.

리어 왕　내가 죽였지?

옛날에는 나도 예리한 포르틴 검[30]을 휘둘러

그놈들을 거미새끼처럼 몰아낸 때도 있었지. 그런데 이제 는 늙고,

숱하게 고생을 하여 아무 힘도 쓸 수가 없게 되었어. 너는 누구냐?

내 눈이 잘 안 보여. 하지만 이제 곧 알 거야.

켄트　만약 운명의 여신이 사랑하고 미워한 두 사람이 있다고 자랑을 한다면[31]

---

30 중세 때에 흔히 쓰이던 언월도.

31 변덕이 심한 "운명"의 여신이 의기양양하여 제 변덕을 자랑하는 두 가지 특례를 든다면.

폐하와 저는 서로[32] 그 한쪽을 바라보고 있는 것입니다.

리어 왕 　잘 안 보이는걸. 자네가 켄트가 아닌가?

켄트 　그렇습니다.

폐하의 신하 켄트이옵니다. 폐하의 하인 카이어스[33]는 어디 있습니까?

리어 왕 　그놈은 좋은 놈이야. 정말이야.

그놈 같으면 칼을 휘두를 거야, 당장. 그놈은 죽어서 썩어버렸어.

켄트 　아닙니다, 폐하. 제가 그 사람입니다.

리어 왕 　그래? 내가 곧 그것을 알아보도록 하지.

켄트 　폐하께서 불우하시게 된 그 시초부터 저는 쭉, 폐하의 슬픈 발자취를 따라다녔습니다.

리어 왕 　와주어서 반갑다.

켄트 　제가 바로 그 사람입니다. 이 세상에는 이미 기쁨도 없고, 암흑과 죽음의 세계입니다.

폐하의 큰 따님 두 분은 돌아가셨습니다.

절망한 나머지 세상을 떠나셨습니다.

리어 왕 　아아, 그럴 테지.

올버니 　왕께서는 자기가 하시는 말씀을 모르시니까,

지금 우리 이름을 말씀드려도 소용이 없을 것이오.

---

32 켄트는 리어를, 리어는 켄트를!
33 변장했을 때의 켄트의 이름.

에드거 　아무 소용도 없을 것입니다. 돌려드리고 싶소.

대장 등장.

대장 　각하, 에드먼드 님이 돌아가셨습니다.

올버니 　그런 것은 여기서 작은 일에 지나지 않아.

여러분, 내[34] 생각을 들어주오.

이 쇠약하신 왕을 도울 수 있는 일이라면 무슨 일이든 하

겠소. 나로선

노왕께서 생존하시는 동안은 통치권을

(에드거와 켄트에게) 두 분에게는 원래의 권리를 회복하고,

다시 그 공적에 못지않은 작위를 내릴 것이오. 우군의 장

병들은 모두

그 공로에 상응한 상여(賞與)를 받을 것이며, 모든 적은

그 당연한 보복을 각오해야 할 것이오. 아아, 저것을, 저것

을!

리어 왕 　가엾게도[35] 내 바보[36]는 목 졸려 죽었어! 이제는, 생명이

없어!

---

34 이른바 'royal we'를 사용하고 있다. 지금은 올버니가 왕위 계승자다.

35 리어는 여기서 다시 코딜리어의 유해를 끌어안는다.

36 이 "바보"는 코딜리어를 가리키는 것인지, 앞에서 퇴장한 광대를 가리키는 것인지 학자들
의 의견도 각기 다르다. 전후 관계로 보아, 리어의 의식에는 코딜리어가 첫째, 그 배후에
광대도 포함된다고 보는 것이 좋을 것이다.

개나 말이나 쥐 같은 것도 생명이 있는데,

너는 왜 숨이 없느냐? 너는 이 세상에 돌아오지 않을 것

이다.

결코, 결코, 결코, 결코, 결코![37]

제발 이 단추를 좀 풀러다오, 고맙다.

이게 보이니? 이 애를 봐라. 이 애 입술을. 이봐, 이봐!

(죽는다)

에드거　기절하셨다! 폐하, 폐하!

켄트　터져라, 이 가슴. 제발 터져라!

에드거　정신을 차리세요, 폐하.

켄트　폐하의 영혼을 괴롭히지 마오.

아아, 이대로 가시도록 하오!

이 냉혹한 현세(現世)의 고문대에 이 이상 폐하의 수족을

묶어두려는 사람을

폐하께서는 원망하실 것이오.

에드거　숨을 거두셨습니다.

켄트　오히려 이상할 지경이오, 이토록 오래 견디신 것이.

목숨을 억지로 끌어가신 것이오.

올버니　유해를 운반하라. 우리가 지금 할 일은

거국적으로 애도의 뜻을 표하는 일이오.

---

37 'Never'를 다섯 번 되풀이하여 1행을 만든 유명한 1행.

(켄트와 에드거에게) 그대들은 내 마음의 벗이오.

두 분은 통치에 참여해 흐트러진 국토를 바로잡아주오.

켄트 저는 곧 여행의 길을 떠나야 합니다.[38]

주군께서 부르시니 거절할 수가 없습니다.

에드거 이 슬픈 시대의 중압은 우리 모두가 짊어져야 합니다.

지금은 느낀 바를 솔직히 말해야 하며, 신중히 생각할 때

가 아닙니다.[39]

가장 나이 많은 분들[40]이 가장 많은 괴로움을 당했소, 젊

은 우리는

그토록 큰 불행을 안 만날 것이고, 그토록 오래 살지도 않

을 것입니다.

(장송곡과 함께 모두 퇴장)

---

38 리어 왕 사망 후, 얼마 살지 못할 것으로 느끼는 켄트. 말대로 곧 죽는다는 뜻이 아니다.

39 올버니의 요청을 켄트는 거절하고, 에드거는 받아들인다. 이제부터는 젊은이가 해야 한다.

40 리어와 글로스터.

작품 해설

비극《리어 왕》을 읽는 독자가 유의해야 할 중요한 사항 중 하나는 그 무대를 옛날 옛적하고도 아주 먼 옛날에다 두고 있다는 점이다.《레 미제라블》의 작가 빅토르 위고는 이렇게 말했다.

"몽매했던 시절…… 지구 전체가 그 당시엔 신비로웠다……. 예루살렘의 전당은 아직 신축 건물의 모습이 완연했고, 세미라미스의 정원은 9백 년에 만들어졌는데 바야흐로 허물어지기 시작한다. 중국 사람들은 일식을 관측하고 있었다……. 헤시오도스가 죽은 지 얼마 안 되고, 호머가 아직 살아 있다면 백 세쯤 되었을까. 바로 이 시기였다. 국왕 리어가 살아서 암흑의 섬나라를 지배하던 때는."

우리 나름으로 말한다면 중국에서는 노자 이전의 시대, 한국은 고구려의 동명성왕이 나라를 시작하던 무렵에 해당된다. 좀 더 문학적인 표현이 허용된다면 인간과 자연이 퍽이나 밀접한 관계에 있던 시절, 또는 자연이 인간에게 그 횡포함을 마구 내세워 인간을 위압하던 시대였다. 다시 말해서 동화적인 세계, 인간이 석기 시대에서부터 아직은 그다지 진화를 이룩하지 못한 단계, 뭐 아무튼 그런 시대를 상상해둘 필요가 있다. 적어도 기독교 교화를 거치기 이전의 브리튼(Britain)의 왕 리어를 생각해야 한다. 그러니까 왕궁이라 해보았자 근대적인 호화찬란한 궁전을 예상해서는 안 된다. 아니, 오히려 극언하자면 보잘것없는 오두막집을 약간 개량한 건물쯤으로 알면 무방하다. 따라서 세상의 모든 면에 걸쳐 신경이 굵고 거친 사람, 흙내가 진하게 풍기는 사람, 야만성. 야수성이 강한 사람의 입김이 결정적인 지배력을 발휘하고 있었다.

우리는 이와 같이 머나먼 옛날을 상상하며 거기에 리어 왕을 비롯한 그의 딸들 셋을 놓고 이 작품을 보아갈 때 비로소 이 작품이 지니는 심오한 예술성과 그 위대성을 실감하게 된다.

인간과 세계를 그 원초적인 형태에서 묘사함으로써 영원히 불변하는 생의 진실을 부각시키고 특정의 인물과 사건을 보편적인 차원으로 객관화하는 작가의 의도와 예술적 기교에 우리는 새삼 놀라지 않을 수 없다. 리어 왕의 세계는 곧 우리의 지금 이 순간의 현실하고 아무런 차이가 없다는 것을 느낄 때 작품《리어 왕》의 예술적 생명은 마침내 인류의 정신사에 영원히 정착하는 셈이다.

우선 리어 왕의 입장이 되어보자. 왕의 나이는 80세. 딸이 셋. 맏딸 고너릴은 28세, 둘째인 리건이 26세가량이고 막내는 아직 20세 전후밖에 안 된다. 왕이 50세에서 60세까지 사이에 얻은 혈육들이다. 이른바 노인의 딸자식이다. 어머니는 어떤 사람이었는지 최소한 작품에서는 한마디의 언급도 없다. 물론 이미 세상을 뜬 모양이며 전반적인 인상으로 보아 어머니는 딸 셋을 출산하고 그들을 가꾸어 기를 겨를도 없이 얼마

후 사망한 듯한 느낌을 준다.

왕은 80세의 고령이지만 기력은 정정하고 은색으로 빛나는 머리와 수염 속에 묻힌 얼굴은 억센 혈기에 차 있다. 그는 사냥을 좋아하고 성품이 너그러우며 남을 의심할 줄 모르는 어진 지배자다. 어느 모로나 스스럼없는 노인임에 틀림없었다. 그런데 이런 관후한 인품과 상대적으로 그 기질은 여간 사납지가 않다. 오랫동안의 전제 군주 생활에서 더욱 서슬이 거세어진 그의 사나운 기질 덕분에 나이가 높아지고부터 자칫하면 노여움을 타고, 일단 노여움을 타면 당장에 벼락이 내리기 일쑤였던 것이다.

《리어 왕》의 비극은 이와 같은 충동적인 성격을 바탕으로 한 격동하는 생의 웅대한 드라마다.

아무리 기력이 왕성해도 자신의 여생이 얼마 남지 않았음을 알고 있는 노령의 지배자는 세상을 뜨기 전에 국토를 3분해서 사랑하는 세 딸에게 각각 나누어주기로 작정한다. 그런데 여기서 리어는 의연한 왕으로서 처리가 아닌 참으로 딱하기 그지없는 노망의 실수를 저지른다. 그는 마음속에서 대충 이런 생각을 한다.

'국토 3분의 결정은 널리 신하들을 모아놓고 선포해야 한다. 그리고 그 자리에서 딸들에게 고맙다는 말을 하게 하리라. 신하들이 늘어앉은 자리에서 내가 딸들에게 얼마나 깊은 사랑을 받고 있느냐 증거를 보이는 셈이니 이보다 더 흥겹고 자랑스러운 기회가 어디 또 있으랴. 더구나 막내둥이 코딜리어는 무슨 말로써 이 아비에 대한 사랑을 표현해올 것인지……. 평소부터 말이 드문 아이이니까 더욱 궁금하다…….'

즉 딸들의 입에서 그 효도스러움을 직접 고백받자는 것이며, 그 고백의 진실성 여부가 아니라 언어의 묘미가 이 노년의 아버지에겐 더 중요하기나 한 듯이 이상한 흥분과 기대를 갖는 것이다.

왕은 둘째 사위 콘월 공, 맏사위 올버니 공을 비롯, 국가의 중요 신하들이 가득히 늘어앉은 가운데 사랑하는 세 딸을 향해, 국토를 3분하는 취지를 선포하고, "너희들 중에 누가 가장 나를 사랑하는가를 말해달라. 진실로 효심이 있는 딸에게는 특별한 은총을 내리리라"고 밝힌다. 맏딸과 둘째 딸은 다 같이 즉석에서 최상급의 달콤한 말을 동원해서 효녀의 맹세를 하는데, 정작 제일 열렬하고 간절한 표현으로 그 순정을 고백해오리라고 예상했던 막내딸 코딜리어는 뜻밖에도 "자식 된 도리로서 할 일을 하겠습니다. 그 이상도 아니고 그 이하도 아닙니다", "출가해서 남편을 섬기게 되면, 남편을 섬기는 만큼 아버님도 섬기겠습니다"라고만 직언을 하지 않는가. 왕은 이 '괘씸한' 말투에 노발대발한 나머지 코딜리어와 의절해버리고, 아무것도 주지 않은 채 프랑스 왕에게 시집보내는 한편 국토와 왕권을 양분해서 두 딸과 사위들에게만 나누어준다. 그리고 이러한 처사를 직간(直諫)한 충신 켄트 백작은 국외로 추방을 당하고 만다. 부모의 유산 분배라는 건 옛날이나 지금이나 자칫하면 동기간의 불화와 갈등을 유발하기 쉬운 화근을 내포하게 마련이며 리어의 경우에도 만약 이런 일이 없었던들 비극은 일어나지 않았을지도 모른다.

또 국토 분배의 계획을 기정사실로 인정하고 들어간다 해도, 자식들의 애정 고백에 따라 그 배당을 결정한다는 일 자체가 이미 정신 나간 사람의 형태가 아니고 무엇이겠는가. 이건 늙은 왕의 변덕이며, 자식들에게서 보수를 받으려는 심정 자체는 이해가 가지만 그 어리석고 주책없는 안목은 오히려 가련하게까지 느껴지지 않는가. 그러나 또 한편으로 따져보면, 그는 그의 갈 길을 간 셈이기도 하다. 오랫동안 전제자(專制者)로서 만인 앞에 군림해왔고 원래의 기질이 충동적이었던 사람으로, 부인을 잃은 외로운 노 권력자가 또 다른 어떤 길을 택할 수 있으랴.

세 자매가 우리 앞에 소개되고 있다. 같은 부모에게서 어쩌면 이렇게도 서로 생판 다른 성격의 자녀가 생길 수도 있을까 싶은 우리가 흔히 보는 경우가 여기에서도 나타난다.

고너릴과 리건—어느 쪽이나 다 같이 불륜, 불효의 흉악하기 그지없는 딸들이다. 물론 언니 쪽이 더 기질이 강하고 담도 크고 계책도 능란하며, 그러기에 더 매섭다. 어느 부분에서 맥베스 부인과 비슷하다. 처음 고비에선 이들의 성격은 아직 뚜렷하지 않고 극적 발전도 느리다. 그러나 사건이 진전함에 따라 계속 확대되고 실감 있는 박력을 더해 비극의 불씨로 나타난다.

코딜리어—작품 속에서 불과 네 군데 장면밖에 등장하지 않으며 입을 열어 말하는 것도 기껏 1백 줄 이내에 불과한 형편인데도 셰익스피어 작품 중에서 가장 개성이 뚜렷한 인물의 하나다. 다변(多辯) 햄릿과 마찬가지로 과묵한 코딜리어는 불가사의한 존재가 아닐 수 없다. 이 여성은 마음씨가 착하면서도 어딘가 강한 일면이 있으며 어쩐지 지상의 흙내를 넘어선 선녀에 속한다고나 할까, 진실을 굽히지 않는 외곬의 기백을 갖추고 있다.

몸매도 조그마하고 여리다. 음성은 인자하고 나지막하다. 아버지에게서 가장 사랑을 받건만 언제나 쌀쌀맞게 군다. 저들 사납고 영악한 언니들 밑에서 흔히 성미를 죽이고 살아온 듯한 조신한 여성. 열띤 연애도 느껴본 적이 없을까 싶은 외로운 태가 감도는 처녀다. 오셀로의 데스데모나처럼 너무도 순진하고 고지식해서, 아버지의 빤한 뜻을 그런 대로 인정하고 그 비위를 맞춰주지 못했다. 그 여자는 자신의 허식 없는 직언에 아버지가,

"So young and so untender(그처럼 어린 게, 어쩌면 그렇게도 쌀쌀맞으냐)"

하고 묻자,

"So young, my lord, and true(네 아버지, 비록 이렇게 어리지만, 진실은 해요)"라고 대답한다.

그러나 true만이 세상의 능사는 아니다. 이 불행한 말 한마디가 숱한 사람의 면전에서 아버지를 망신주는 결과를 빚어냈다.

여기서 같은 막 2장에 서브플롯이 더해지는데, 다름 아니라 글로스터 백작 일가족의 재산 싸움이다. 서자 출신의 차남 에드먼드가 재산을 독차지할 셈으로 형뻘이 되는 적자 에드거를 아버지에게 모함해서 의절을 당하게 한다. "만약에 네가 아버지를 죽이면 그 재산의 절반은 너에게 주겠다"는 가짜 편지를 써서 아버지에게 보이며 형이 그런 편지를 주더라고 중상한 것이다.

이처럼 동기간의 불화와 갈등 사건이 두 개씩이나 겹친다는 건 등장인물의 수가 많아지고 내용의 복잡성을 수반하기 때문에 흥미의 집중을 방해한다는 극적 구성 면에서의 약점을 초래한다. 그러나 인생의 심

각한 경험을 그린 작품이라는 데서 볼 때 동일한 두 사건이 겹친다는 건 오히려 그 슬픔이 특이한 개인에게만 국한되는 게 아니라 굉장히 보편적이라는 교훈을 준다고는 할 수 없을까.

글로스터 백작은 백발의 노인. 나이는 60세 정도. 비교적 나이 적은 자식을 두고 아내가 없다는 점에서는 리어 왕과 꼭 같다. 성급하고 남의 말을 쉽게 곧이듣는 버릇이 있다. 물론 악인은 아니다. 그렇다고 적극적으로 성인이랄 수도 없으며, 우선 올버니 공과 함께 중립적인 자세로 시종한다. 그리고 미신을 좋아하는데 성격은 분명한 편이건만 인상은 뚜렷하지 않은 사나이다.

에드먼드 ─ 26세. 이아고와 같은 희대의 악한이다. 그러나 이아고보다 경박하고 소견이 짧은 인물이며 멋 부리길 좋아한다. 그 바람에 일종의 동정이 가기도 한다. 그리고 악한치고도 외골수의 악한이어서 목적 앞에선 일직선으로 치닫는 버릇이 있다. 서자이며 천대 받는 신분이라는 핑계가 그의 동기를 합리화하고 있다.

에드거 ─ 27, 8세. 처음 에드먼드에게서 아버지가 분노했다는 소식을 듣자마자 도망을 치는 행동 같은 건 그의 성격에 어울리지 않는 듯하지만 경험을 거듭해감에 따라 차차 안목이 넓어져가는 것이 재미있다. 그는 끈덕진 힘으로 인내하며 경우에 따라 지혜로운 수단을 써서 대응하고 행여 궁지에 빠지지 않는다. 젊음과 활기에 차 있으며 마지막 대목의 활동은 갸륵하고 시원스런 맛이 있다.

한편 국토를 양분해서 두 딸에게 나눠준 리어 왕은 백 명의 하인을 거느리고 맏딸 고너릴의 집에 묵는다. 막내둥이 코딜리어와 의절하고 나서 마음이 더욱 울적해진 그는 사냥에 나가 술을 마구 마시곤 하는 바람에 아닌 게 아니라 딸도 꽤 난처해진 일이 드물지 않았을 것이다. 딸은 상을 찌푸리며 이렇게 아버지를 나무란다.

"그게 싫으시다면 동생한테 가시라지. 하지만 그 동생도 마음은 나와 똑같을걸. 명령받는 일 따위는 지긋지긋해, 정말 어리석은 늙은이야, 벌써 물려준 국왕의 권력을 언제까지나 휘두르려 하다니!"(1막 3장)

그리고 집안의 하인을 시켜서 아버지를 슬슬 구박하게 한다.

같은 막의 4장에서 앞서 추방당한 충신 켄트 백작이 변장을 하고 찾아와 리어 왕에게 하인으로서 봉사할 뜻을 아뢴다. 이때 왕은 변장한 그를 못 알아보고 몇 살이냐고 묻는다. 그러자 백작은, 말 속에 가시 있는 대꾸를 한다.

"여자가 노래를 잘한다고 그 여자에 반할 만큼 젊지도 않고, 또 무슨 일이 있든 여자에게 정신 없이 빠져들 만큼 늙지도 않았습니다. 이 등에다 마흔여덟 해를 짊어지고 있습니다."

사실은 마흔여덟이기는커녕 60을 훨씬 넘은 나이였다. 그는 충의의 선비였으며, 늙고 망령스러운 리어가 아니라 왕년의 위풍당당한 왕자(王者)로서의 리어만이 눈에 보일 뿐이다. 그는 미쳐버린 왕에게도 성심성의로 충절을 다하며, 말씨는 언제나 공손하다. 그는 지나치게 고지식하며 성질이 급하고 혈기가 진하다. 그래서 뜻하지 않게 실수도 저지른다. 어느 면에서 리어 자신의 축소판인 느낌을 준다.

또한 "코딜리어 공주님이 외국으로 시집가신 이후로는 기가 탁 죽어버렸다"고 뇌까리고 있는 어릿광대(fool)의 존재도 우리는 잊을 수 없다. 셰익스피어는 이러한 광대들을 여러 방식으로 이용하는데《리어 왕》에 나오는 광대처럼 출중한 자는 드물다. 그는 18, 9세의 아직 어린 소년이다. 아주 순진한 마음씨와 민감한 시인과 같은 정서를 지니고 있다. 폭풍이 몰아치는 벌판에 나선다든지 모진 추위를 견딘다든지 하는 일에는 겁을 먹지만 다부진 비꼼과 악의 없는 빈정거림으로 늙은 왕을 놀려대는 장면들에서 우리는 침울한 비극 작품의 중압감에서 자주 해방되곤 하는 즐거움을 갖는다.

이제 리어의 수하에는 주로 이 광대와 변장한 켄트 백작이 있을 따름이다.

2막에 접어들어 리어 왕은 점차 학대와 구박이 심해지는 만딸 집에 있기가 고생스러워 둘째 딸 리건에게 의탁해볼 셈으로 자리를 옮긴다. 그러나 딸은 요리조리 교묘한 핑계를 대어 거절하고 언니에게로 돌아가서 잘못을 사과하고 그대로 계시라고 도로 밀어버린다. 왕은 너무도 분하고 야속해서 대성통곡을 하고 거의 실성한 상태가 되어 칠흑같은 한밤중에 폭풍과 뇌성벽력이 광란하는 바깥으로 뛰쳐나간다. 왕을 내쫓은 채 비정한 대문은 굳게 닫힌다.

막이 바뀌며 아직도 폭풍과 싸우는 리어 왕이 나선다. 그는 고래고래 소리를 질러대면서 머리를 쥐어뜯으며 소란스런 벌판을 미친 듯이 헤매는데, 이윽고 광대와 켄트 백작이 감싸서 근처의 오두막집으로 안아다 쉬게 한다. 그런데 그 오두막집에는 무참하게 헐벗은 거지 시늉의 미친 사람 하나가 있지 않은가. 그건 다름 아닌 앞서 언급한 에드거였다.

그는 아버지 글로스터가 자기의 이복동생 에드먼드의 말을 곧이듣고 자기를 살부(殺父) 음모죄로 몰아, 체포해서 처형하기 위해 현재 수배 중이라는 에드먼드의 얘기를 듣고 허겁지겁 도망쳐서 여기에 와 있는 터였다. 거기에서, 광인 리어, 변장한 에드거, 바보를 자처하는 광대 세 사람이 만나는 언저리는 가히 눈물 없이는 보기 어려운 예술적 결정을 이룬다. 거기에 때마침 글로스터 백작이 횃불을 갖고 들어선다. 그는 오랫동안 섬기던 군왕의 참혹한 모습에 충격을 받는다. 그의 주선으로 왕은 황급히 도버까지 몸을 피하게 된다.

전체 극 진행에서 이 3막은 여러 가지 의미에서 클라이맥스에 해당한다. 이 고비를 분계선으로 해서 악인들은 시시각각으로 영화 득세를 거듭하고 착한 사람들은 구원의 길이 없는 비운의 나락으로 떨어져간다. 그러나 인생의 신비는 거기에서 머무르지 않는다. 악인들은 서로 시샘하고 다투고 분노하고 번민하는 동안 깊은 슬픔에 잠기고 마는 반면 착한 이들은 마음의 평화, 마음의 등불을 서서히 찾고 있음을 알게 된다.

다시 4막에서 마지막 막에 이르는 동안은 참으로 생의 무상과 인간의 추악함을 다시금 일깨워주는 처절한 사건들이 전개된다.

리건의 남편 콘월 공은 글로스터 백작이 리어 왕을 업고 프랑스와 내통했다는 에드먼드의 무고에 따라 산 채로 그의 두 눈을 도려낸다. 고너릴과 에드먼드의 접근. 다시 뒤집혀서 동생 리건과 에드먼드의 결혼을 에워싼 자질구레한 사건들. 악은 악을 낳고 끝내는 피를 보는 비극으로 몰아간다. 리어 왕과 코딜리어를 구출하려는 전쟁의 발발. 그러나 실패로 돌아가 두 부녀는 포로가 된다. 한편 질투에 사로잡힌 고너릴은 동생 리건을 독살하고, 자신은 남편에게 간통과 음모의 허물을 추궁당해 스스로 칼을 찔러 죽는다. 죽음은 에드먼드에게도 찾아왔고, 죄 없는 코딜리어마저도 옥중에서 암살자의 손에 최후를 맞는다. 암살을 취소하라는 명령이 내려졌으나 때는 이미 늦었다! 딸의 시체를 안고 늙은 리어는 무대에 나타나지만 얼마 후에 단장(斷腸)의 슬픔을 견디다 못해 숨을 거두고 넘어진다.

이렇게 해서 이 비극은 대단원을 고한다. 죄악, 온갖 종류의 죄악 — 배은망덕, 허위, 탐욕, 색정, 파렴치, 불의 등의 소용돌이는 어지러운 속도로서 휙휙 돌아간다. 부모와 자식 사이의 애정이 어디 있으며 형제자매의 우애가 어디 있으며 부부의 정이 어디 있고 왕은 무엇이며 백발에 따르는 존경이 있는가. 모든 것을 한 묶음에 둘둘 말아서 지옥의 나락으로 던지는 어둠이 있을 뿐. 우리는 W. 해즐리트와 함께 그저 묵묵히 이 극 앞을 지나가야만 할 것 같다. 한 오리의 빛도 없는 암흑의 세계. 흔히 이 작품은 멀리는 에스큐러스의 비극, 가까이는 도스토옙스키의 소설《죄와 벌》에 비교되어 인간의 영혼이 겪는 시련을 가장 힘차고 절실하게 묘파한 불후의 명작으로 평가받고 있다.

이종구

셰익스피어 연보

1564년 잉글랜드의 중부, 지방 도시, 스트랫퍼드어폰에이번에서
       존 셰익스피어의 장남으로 출생.

1568년 부친인 존이 스트랫퍼드의 시장으로 선출됨.

1582년 앤 해서웨이와 결혼.

1583년 장녀 수재나 탄생.

1585년 쌍둥이인 햄릿(남아)과 주디스(여아) 탄생.

1590년 《헨리 6세》 2부, 3부 발표.

1591년 《헨리 6세》 1부 발표.

1592년 《헨리 6세》 1부 상연. 《리처드 3세》, 《비너스와 아도니스》
       발표.

1593년 《티투스 안드로니쿠스》, 《말괄량이 길들이기》, 《루크리스
       의 겁탈》 발표.

1594년 《베로나의 두 신사》, 《사랑의 헛수고》, 《로미오와 줄리엣》
       발표.

1595년 《리처드 2세》, 《한 여름 밤의 꿈》 발표.

1596년 장남 햄릿 영면. 부친 존은 가문 갖기를 허락받고 신사로
       서의 처우를 받게 됨. 《존 왕》, 《베니스의 상인》, 《소네트

집》발표.

1597년　스트랫퍼드에 저택을 사들임.《헨리 4세》1, 2부 발표.

1598년　《헛소동》,《헨리 5세》발표.

1599년　《줄리어스 시저》,《뜻대로 하세요》,《십이야》발표.

1600년　《햄릿》,《윈저의 명랑한 아낙네들》발표.

1601년　부친 존 셰익스피어 영면.《트로일루스와 크레시더》발표.

1602년　《끝이 좋으면 모두 좋다》발표.

1604년　《이척보척(以尺報尺)》,《오셀로》발표.

1605년　《리어 왕》,《맥베스》발표.

1606년　《안토니와 클레오파트라》발표.

1607년　《코리올라누스》,《아테네의 다이몬》발표.

1608년　모친 메리 영면.《페리클레스》발표.

1609년　《심벨린》발표.

1610년　《겨울 이야기》발표.

1611년　《템페스트》발표.

1616년　4월 23일 윌리엄 셰익스피어 영면.

옮긴이 **이종구**

영문학자. 도쿄 상대 예과와 서울대 문리대를 졸업하였다.
《동아일보》외신부장과 서울대 교수, 건국대 교수를 역임하였다.
수필집으로《바람의 질서》가 있으며,
옮긴 책으로《위대한 개츠비》,《닥터 지바고》,《햄릿》,
《리어왕》,《테스》등이 있다.

리어 왕

1판 1쇄 발행 2008년 4월 10일
2판 1쇄 발행 2011년 7월 20일
3판 2쇄 발행 2021년 5월 10일

지은이 윌리엄 셰익스피어 │ 옮긴이 이종구
펴낸곳 (주)문예출판사 │ 펴낸이 전준배
출판등록 2004. 02. 12. 제 2013-000360호 (1966. 12. 2. 제 1-134호)
주소 03992 서울시 마포구 월드컵북로 6길 30
전화 393-5681 │ 팩스 393-5685
홈페이지 www.moonye.com │ 블로그 blog.naver.com/imoonye
페이스북 www.facebook.com/moonyepublishing │ 이메일 info@moonye.com

ISBN 978-89-310-0590-5 03840

• 잘못 만든 책은 구입하신 서점에서 바꿔드립니다.

문예출판사® 상표등록 제 40-0833187호, 제 41-0200044호

■ 문예 세계문학선

★ 서울대, 연세대, 고려대 필독 권장도서   ▲ 미국 대학위원회 추천도서
● 《타임》 선정 현대 100대 영문 소설   ▽ 《뉴스위크》 선정 세계 100대 명저

(뒷면 계속)